旧食光 老情怀
正是江城遍地炊烟时

张建伟 著

北京日报出版社

图书在版编目（CIP）数据

旧食光　老情怀：正是江城遍地炊烟时 / 张建伟著
. — 北京：北京日报出版社，2025.5
ISBN 978-7-5477-4844-2

Ⅰ．①旧… Ⅱ．①张… Ⅲ．①散文集－中国－当代
Ⅳ．①I267

中国国家版本馆CIP数据核字(2024)第028019号

旧食光　老情怀：正是江城遍地炊烟时

出版发行：北京日报出版社
地　　址：北京市东城区东单三条8-16号东方广场东配楼四层
邮　　编：100005
电　　话：发行部：（010）65255876
　　　　　总编室：（010）65252135
印　　刷：武汉鑫佳捷印务有限公司
经　　销：各地新华书店
版　　次：2025年5月第1版
　　　　　2025年5月第1次印刷
开　　本：787毫米×1092毫米　1/16
印　　张：9.25
字　　数：160千字
定　　价：88.00元

版权所有，侵权必究，未经许可，不得转载

舌尖上的老家味儿

□ 曹茂海

曾经，一档《舌尖上的中国》着实令人对其中的美食心驰神往。高原上的黄馍头，深山里的松茸，铁板上的烤豆腐，稻田里的禾花鱼，晶莹剔透的烧腊……每一种美食都让人梦寐以求。

俗话说：吃饱了就不想家了。我却说，吃好了，就是回家了。

书桌上放着一摞厚厚的书稿，翻开目录，一道道带有浓郁老家味儿的美食映入眼帘：武汉热干面、潜江龙虾、沔阳三蒸、洪山菜薹、大冶苕粉肉、金牛千张、老通城豆皮……哇，这些可是地地道道的舌尖上的湖北，实实在在的老家味儿啊！而且，五十篇美文，五十道美味，五十张美照，说不尽的美味故事，一定能让诸位爽心悦目、满口生津。倘若三五成群，举杯推盏，大快朵颐，岂不妙哉！

此书名为《旧食光、老情怀：正是江城遍地炊烟时》，著者张建伟。

生活中，我与张建伟并无交集。读罢此书，我们成了志趣相投的知己。

此前，我钟情于《百姓家常菜》《四季家常菜》《菜谱大全》《烹饪技巧》之类书籍，也陶醉于炒、烙、煮、炸、炖、烩、煨、涮、拌、焖和腌等烹饪工艺，仿佛一夜之间成了发烧友，先做烹饪大师，再做美食家，自产自销，自娱自乐——那种感觉，真真是道不清、说不明的美妙。

现在，张建伟就站在我面前了。他既是主持人，也是解说员。说到东坡肉，你听着：

首先，将五花肉切成相等的长方块状，放入锅中，加入清水煮开，去除血水和浮沫后，将煮好的五花肉捞出备用。接下来，使用砂锅进行烹饪。在砂锅底部放一个小蒸架作为垫底，再依次铺上葱（小葱）和姜块，并将五花肉整齐地摆放在葱、姜块之上。随后，加入适量的白糖、酱油和绍酒，再放入一个葱结（大葱），盖上锅盖，用小火慢慢焖煮两个小时左右，直至肉质变得酥软入味。焖煮完成后，将砂锅远离火口，稍微冷却后撇去浮油。接着，将五花肉皮朝上装入陶罐中，并加盖密封。最后，将陶罐放入蒸笼中再蒸半小时左右，直至肉质更加酥嫩。这样，一道味道鲜美的东坡肉就做成了。

几行亲切自然的文字，爽爽的，暖暖的。特别是煮呀、捞呀、垫呀、铺呀、摆呀、焖呀、撇呀、蒸呀……一个个步骤像一串串的音符，激活了你的脑细胞，惊醒了你的味蕾。

人常说：日子有毒，且没有解药。我却说：麻花、豆皮、炸鸡、烤鸭、大冶苔、涮羊肉……全是灵丹妙药啊！有了这些灵丹妙药，天地万物，芸芸众生，饱眼福，更饱口福。真真是，难求一味解乡愁啊！

翻开书本，你是在读人生，更是在读人心。221年，孙权从公安迁鄂（后改鄂为武昌）。某日，孙母无意间吃到了洪山菜薹，赞不绝口。后来，孙权离开武昌前往建业，用彩船运去洪山菜薹的种子和土壤，种植菜薹供给母亲以永久品尝，因此，洪山菜薹被称为"孝子菜"。"爱心鸭脖"的故事更为精彩：去医院检查，店老板患有晚期尿毒症，朋友将此事发了一条微博。微博发出后，被转发了上千次，网友有表示慰问的，有表示鼓励的，有特地赶过去消费的……一根鸭脖，感动了一座城，温暖了万人心。

读人生就是读人心。餐桌上的良言与敬语，是美好心灵的袒露与祈福，就好比，偶尔停在人生的某个驿站，用善良换取善良，让阳光更加阳光；至于茶余饭后的嚼舌，大多是有闲人士的无聊与谤毁，无所谓，被时间的洪流冲洗过后，浊流也会变得清澈透亮。

翻开书本，你是在读当下，更是在读历史。当下，口袋中有银子，走到哪儿，吃到哪儿。眼看景儿饱，舌品味儿香。去你想去的地方，当然有美景，有美食，也有历史：黄州的东坡肉，记载着豪放词人苏轼"一蓑烟雨任平生"的豁达；端午节的粽子，诠释着三闾大夫屈原"众人皆醉我独醒"的悲壮。历史是写给后继者阅读的，或沉思，或吟唱，或幡然悔悟。

相传，在汉代，淮南王刘安制作豆腐后不久，金牛就开始制作千张皮了。到了汉代，金牛商业兴盛，除了制作千张皮，还翻新做出豆浆、豆花和豆果。一道菜，流传得越久，就越有生命力。

翻开书本，你是在读美食，更是在读文化。不说餐桌上座位的次序，也不说服务生摆菜的讲究，单说这一年四季中的节令，就有说不完的美食话题。元宵节的汤圆，端午节的粽子，中秋节的月饼，重阳节的糕点……四时节令，有美食相伴，有亲人相伴，有笑语相伴。时光温柔了，岁月温柔了，这个世界也温柔了。

美食是文化，家是文化传承的载体。元代赵显宏写过一首小令《满庭芳·渔》："江天晚霞，舟横野渡，网晒汀沙。一家老幼无牵挂，恣意喧哗。新糯酒香橙藕芽，锦鳞鱼紫蟹红虾。杯盘罢，争些醉煞，和月宿芦花。"晚霞飞天，舟横野渡，月映芦花。餐桌前，有香橙，有藕牙，有锦鳞，有紫蟹，有红虾，更有新糯美酒。一家人心无旁骛，尽享天伦之乐。

乡愁是对乡音和乡味的一往情深。不管在外闯荡多少年，即使乡音变了，对乡味的记忆也是刻骨铭心的。当下，繁花似锦，岁月如梭：浓浓的乡情被奔腾的岁月淡化成扑朔迷离的缕缕云烟，餐桌上的欢歌笑语被冰冷的手机和美艳的方便食品所取代。我们跑不过奔驰的高铁，也飞不过似箭的苍鹰，慢一点，再慢一点，摸一摸母亲手掌上泥土般的老茧，看一看父亲额头上沟壑般的皱纹，然后，摆成家味盈盈的餐圈儿，捧上乡味满满的老菜，慢慢吃，慢慢喝，慢慢聊……诚如此，这个家才叫家，这个世界才叫世界了。

昨天是今天的历史，今天是明天的历史。我们完全可以把历史写得甜美，写得令人回味无穷，就像张建伟笔下的文字和美味——因为，美好是用来回忆的，也是用来盼望的。

这，才是我喜欢张建伟、喜欢《旧食光、老情怀》的最真实和最坚定的理由。

目录

第一章 武汉菜：旧食光，口腹之欲何穷之有 ········· 001

1. 才饮长江水，又食武昌鱼 ············· 001
2. 与尘世烟火谈场恋爱的沔阳三蒸 ········· 004
3. 最是那一碗排骨藕汤的乡愁 ············ 008
4. 每粒珍珠丸子的灵魂都有颜色 ··········· 011
5. 鳊鱼肥美菜薹香，黄陂三合庆吉祥 ········· 014
6. "金殿玉菜"洪山菜薹的三生三世 ·········· 017
7. 传承千年、让人念念不忘的东坡肉 ········· 020
8. 薄如纸、形如梭的千张扣肉 ············ 023
9. 貌不惊人、内心丰富至极的皮条鳝鱼 ········ 026
10. 黄焖甲鱼，长寿席上的不二之选 ········· 028

第二章 特色菜：风云起，无限风光在险峰 ········· 032

11. 民国风，玩一回穿越——品烤肉 ········· 032
12. 围炉夜话，牛蛙火锅边的热闹和喧哗 ······· 035
13. 土鸡汤，够土够鲜够美味 ············ 038
14. 养生菜，房县三宝拔头等 ············ 040
15. 至尊毛血旺，你敢不敢下口 ··········· 043
16. 金牛千张，薄出的千般美味 ··········· 045
17. 荆州鱼糕，食鱼不见鱼 ············· 048
18. 油焖大虾，"Q弹"的感觉就像初恋般美好 ···· 050
19. 老谦记牛肉豆丝，流传百年的武汉味 ······· 053

20. 大冶苔粉肉，味道胜似红烧肉 ································· 055

第三章 家常菜：烟火气，恋恋红尘终不悔 ···················· 058

21. 女孩子的美貌少不了一碗粥 ································· 058
22. 超有爱的鱼香茄子 ··· 060
23. 醉意浅浅、暖意浓浓的米酒小汤圆 ··························· 063
24. 银耳汤，平常人家的燕窝美味 ······························· 066
25. 小米椒爱上小公鸡 ··· 068
26. 最嫩的藕，这一季的酸辣藕带 ······························· 071
27. 与时间厮守的糍粑鱼 ······································· 073
28. 西红柿蛋汤，让你今生怀念的味道 ··························· 076
29. 最想喝一碗原香味柴火锅巴粥 ······························· 079
30. "冲"一碗武汉人最钟爱的早餐甜品 ··························· 081

第四章 特色小吃：清风醉，扶摇直上九万里 ···················· 085

31. 你过早了冇？热干面里藏着大情怀 ··························· 085
32. 老通城豆皮，爱上你怎敢忘 ································· 087
33. 小而美、四季鲜的汤包嘬着吃 ······························· 090
34. 白雾散、银菊朵朵开的顺香居蜡梅 ··························· 092
35. 鱼儿背后的故事只讲给糊汤粉听 ····························· 095
36. 我们与家的距离，只差一个欢喜团 ··························· 098
37. 面窝，陪我排队的外婆最好这口 ····························· 100
38. 非物质文化遗产，谈炎记水饺算一份 ························· 103
39. 鸭脖，啃你没商量 ··· 106
40. 糯米鸡的内心包裹着大秘密 ································· 109

第五章 节令美食：四海归，江北江南水拍天 ···················· 112

41. 立春日，咬春吃春卷 ······································· 112
42. 农历三月三，地米菜煮鸡蛋，你吃了吗？ ····················· 115

43. 五月五，手拿香粽迎端午 …………………………………… 117
44. 芝麻楼（绿）豆糕，齐（吃）了不长包 …………………… 119
45. 秋风起，螃蟹肥，又到一年吃蟹时 ………………………… 122
46. 中秋节，汪玉霞的饼子——劫数（绝酥） ………………… 125
47. 重阳节菊花酒，惹人醉 ……………………………………… 127
48. 涮一口羊肉，暖一个冬 ……………………………………… 129
49. 武汉人的冬天，总少不了腊肉的身影 ……………………… 132
50. 喝了腊八粥，就把"年"来办 ……………………………… 134

第一章 武汉菜：旧食光，口腹之欲何穷之有

武汉是一座在全国享有盛誉的"美食之都"，对于以吃为文化的武汉来说，每条变迁的街巷都留有美食的味道。她不仅有名动天下的武昌鱼，还有盛满乡愁的排骨藕汤……

1. 才饮长江水，又食武昌鱼

东吴甘露元年（265年），末帝孙皓欲从建业迁都武昌。时任镇西大将军的陆凯上疏劝阻，引用了"宁饮建业水，不食武昌鱼；宁还建业死，不止武昌居"的童谣，表明三国时吴国大臣们的决心。这也是史料中最早记录"武昌鱼"的文献资料。

唐代诗人岑参说过："秋来倍忆武昌鱼，梦著只在巴陵道。"毛泽东在长江三次游泳后，于1957年发表词作《水调歌头·游泳》，词中的"才饮长沙水，又食武昌鱼"更增加了人们对武昌鱼的兴趣。

"到武汉只有吃过最鲜美的清蒸武昌鱼，才不虚此行。"

好友到武汉来玩，开口就让我带她去吃最正宗的清蒸武昌鱼，我直接把她带去了武汉的艳阳大酒店。原大中华酒楼总经理、中国烹饪大师卢永良被认定为"清蒸武昌鱼"技艺传承人，艳阳天酒店也被认定为该菜烹饪技艺保护单位。我们必须去那儿尝尝。

清蒸武昌鱼

  武昌鱼产于湖北鄂州。清蒸武昌鱼是湖北的传统名菜，属于鄂菜，但鄂菜并不在中国八大菜系之内。鄂菜是近些年的提法，早年湖北的菜，没有形成固有的风格。武汉人在吃的方面是兼收并蓄的，南辣北咸，西酸东甜，武汉人一概受用之，这也体现了武汉人豪爽的个性。然而，清蒸武昌鱼步骤简单、装盘精致，又体现了武汉人细腻和柔情的一面。

  我告诉好友，老武汉人吃武昌鱼还有很多讲究。在酒桌上，为了增加喝酒的气氛，鱼头要对着最尊贵的客人，并且由这位客人最先举杯，这叫"鱼头酒"。对着鱼尾的人，要向对着鱼头的人敬一杯酒，表示尊敬，这叫"鱼尾酒"。主人夹鱼肉给来宾尝的时候也有名堂：搛鱼眼睛给客人时，要说"高看您一眼"；拣鱼背给客人时，要说"备感亲切"；搛鱼肚给客人时，要说"推心置腹"……翻鱼时不能叫翻面，不吉利，而应该叫"淌浆"。

  好友笑着说："那要是吃完了，不能说'吃完了'，是不是该说'鱼跃龙门'了？"

  我不解。她狡黠一笑说："上天了呗！"我俩哈哈大笑。

  好友问我还有什么有意思的事。我就跟她讲了清蒸武昌鱼传承人卢永良向记者透露的一个被误传50多年的秘密（卢永良师承鄂菜大师程明开，而程明开就是1956年亲手为毛主席烹制"清蒸武昌鱼"的掌勺师傅）。卢师傅说，如今民间流传的毛主席与武昌鱼的故事其实有两大误传。一是当年毛主席所吃的"清蒸武昌鱼"并非现在餐馆酒店做的清蒸全鱼。"其实毛主席当年吃的那道武昌鱼应该叫'清蒸鱼肚档'。"所谓"鱼肚档"就是鳊鱼肚子那一部分，这部分鱼刺少，肉质鲜嫩。

二是当年毛主席所作的那首《水调歌头·游泳》中写到的"武昌鱼"是指"武昌的鱼"。在这首词问世之前，湖北地区也没有"武昌鱼"这种说法，而是叫作鳊鱼。毛主席所吃的鳊鱼产自长江流域鄂州樊口一带，也叫"团头鲂"，是长江鳊鱼中最好的一种。卢师傅感慨道："只是'武昌鱼'这种叫法太有名了，现在社会各界也约定俗成地将鳊鱼叫成了'武昌鱼'。"

我还告诉好友，团头鲂早在三国时就誉满江南，尤其是梁子湖（地跨武汉市江夏区和鄂州市）生长的团头鲂。因为它顺流而下被在樊口设下陷阱的渔民捕捞，又叫作"樊口鳊鱼"。它比其他鳊鱼多半根刺，只有13根半刺的，才是正宗的"武昌鱼"。

好友感慨地说，没想到清蒸武昌鱼还有这么多背后的故事。我们找个僻静的角落坐好静候，一杯茶刚喝完，清蒸武昌鱼上桌。只见鱼头高昂，鱼肉切成薄片，叠加展开成扇形，好似给鱼儿插上了一双翅膀，色白明亮、晶莹似玉；鱼身缀以红、绿、黄等不同颜色的配料，显得素雅、绚丽，又儒雅、宁静、精致，既有个性又有品位。我用筷子轻轻夹起一块雪白的鱼肉放进嘴里，鱼肉嫩嫩的、滑滑的，细腻无比，顿时把连日的劳累也驱散了一大半。

好友发牢骚，说自家做鱼总是有股腥味，真不知道这道享誉全国的清蒸武昌鱼到底有什么制作诀窍。我们专门向主厨请教制作工艺，得知清蒸武昌鱼一般选用一公斤左右的鲜活樊口鳊鱼做主料，开刀清洗干净，加盐、料酒、葱、姜，腌制半小时待用；辅以火腿、香菇、冬笋、鸡汤等十多种配料、调料，上笼清蒸，严格控制火候，使之恰到好处。大火蒸八至十分钟，蒸好后再在鱼身缀上各色菜丝，使之色彩艳丽。

为了避免腥味，鱼必须新鲜清蒸才美味。雄鱼比雌鱼更好，因为雌鱼孕育鱼子消耗比较大，肉比较薄；鱼肚里的黑膜一定要去干净，不然会有腥味；鱼身花纹要剖得距离相等、深浅一致，不要破坏鱼的形象；上笼蒸鱼时，要保持旺火满气，蒸至鱼眼凸出为好；葱段、姜片垫入鱼底是为了使鱼身下透进热气熟得均匀、熟得快，同时还可以保持鱼的嫩度。

003

其实每道美食背后都有故事，口口相传，手手相授。美食其实是历史长河中最不经意的一次妙手偶得、最花费心思的精雕细琢、最需要跑遍大江南北的融贯东西。

品味美食本就是与自然万物的对话，无所谓生与死、浮与沉，这是一种奉献和接纳交织、馈赠和感恩相融的心绪。鱼儿四处游走，人们也在四处奔波。想念一种味道，就是想念一潭水、一片山、一座城、一条街、一个小巷、一个家门，想念那里飘出的香味，想念喊你回来吃饭的人。

清蒸武昌鱼是我的另一种想念。离家在外工作，每年回去的次数寥寥无几。那种鲜美就像一只鱼钩钩在我的嘴里，总被它吊着走。好友先我离开，随后我也会远行。逆流而上，江水流得很急，我也脚步匆匆。

不管身在何处，我总在想，鱼儿，你走水路，我走旱路，总会有重逢的那一天，不是你回头，就是我驻足。

2. 与尘世烟火谈场恋爱的沔阳三蒸

相传，清朝年间，乾隆皇帝游江南，在民间品尝到了"三蒸"。蒸菜便进入御膳坊，既而诞生了珍珠丸、珍白九等名贵蒸菜，由此助推了"三蒸"的大发展。

民国时期，"沔阳三蒸馆"开遍武汉三镇，以经营"沔阳三蒸"为主，店内高悬"蒸菜大王，唯有沔阳"的牌匾。此蒸菜一搬到餐桌上，就受到武汉市民的追捧。后来，"三蒸"又逐步发展到了北京。

沔阳其实是旧地名，为今天的仙桃市。沔阳人民爱吃蒸菜，有"无菜不蒸"的食俗。沔阳三蒸在江汉平原是家喻户晓的农家菜，是经过六百多年不断打磨而成的传统名菜之一，属于湖北菜系，是鄂菜的重要组成部分和代表作。

我有幸品尝到这道名菜，也是多亏了一位仙桃好友的热情款待。

当时是在一个烟雨朦胧的周末，我出差回来，顺便去造访了一位多年不见的仙桃好友。虽然我们生活在同一座城市，但因忙于生计，几年来一直未见过面。

在好友的推荐下，我们来到了武汉街边的一家小有情调的三蒸馆，找了一个僻静的角落。落座后，他大笑着对我说："今天我们不谈工作上的事，我带你尝尝我们仙桃的一些特色菜。"

"好哇，给我上三蒸菜。"我对沔阳三蒸早有耳闻，但一直没那口福，今日正好有此机会，我怎会轻易错过？

好友会意地给我竖起了大拇指，然后接着说："凡是来我们仙桃的宾客，我们都会奉上三蒸特色菜。这三蒸菜，是大有来头呢。在新中国成立后还相继款待过国家领导人，他们品尝后都赞不绝口。"

"牛。"我微笑道，"三蒸菜背后还有什么故事呢？"

其实，在好友说到这三蒸菜款待过国家领导人时，我就迫不及待地想尝上一口，以解心馋。从好友的介绍中，我对沔阳三蒸有了进一步认识。

沔阳三蒸

在仙桃民间流传有一种传说，三蒸起源于娘娘菜、义军菜。

相传，元末农民起义军首领陈友谅在沔阳起兵反元时，由于起义军行军打仗常吃夹生饭、盐水菜，兵士大多患有消化道疾病。陈友谅之妻张凤道在军队里主管后勤，人称张娘娘。她非常体察军情，用从民间学来的蒸菜法，以大米粉拌鱼、肉、藕、青菜，辅以佐料，装碗上甑，猛火蒸熟。蒸出的鱼、肉、藕味美质融，香气四溢，鲜美可口，兵士啧啧称赞。兵士吃上这等好菜后，士气大振，柴桑一战，大挫元军，促成了陈友谅在九江称王之举。

第一章 ◆ 武汉菜：旧食光，口腹之欲何穷之有

005

从此，沔阳三蒸就传开了。

其实，三蒸的起源跟沔阳是水乡泽国有关。据记载，当年的沔阳水灾严重，受灾的百姓吃不起粒粒如珠玑的大米，只得用少许杂粮磨粉，拌合鱼虾、野菜、藕块投箪而蒸，以此充饥。

"一年雨水鱼当粮，螺虾蚌蛤填肚肠。"这句诗是当年沔阳百姓的真实写照。久而久之，蒸菜便成了沔阳百姓的生活习惯。经过几百年的发展，在沔阳民间就形成"无菜不蒸，无蒸不成席"的蒸菜文化。

如今，沔阳三蒸已成为仙桃逢年过节雷打不动的传统美食。

"一尝有味三拍手，十里闻香九回头。"这是张学良品尝到"沔阳三蒸"后的题联。这副题联在沔阳民间流传为佳话。

三蒸菜一上来，我还是有一点点惊讶的，足足三笼，用东北话说："这活儿齐全了。"从笼中散发出来的阵阵诱人香气，立刻把我们从聊天儿拉回到了现实美味中。

这三笼里有三个菜，肉、鱼、青菜。鱼肉鲜嫩，色泽油亮，诱人食欲。一旁的好友似乎看出我的心思，催促我赶紧先尝尝。我也毫不客气地夹起一块肉送进嘴里，咀嚼起来，香味醇厚直沁心田。

"这肉怎么样？还可以吧？"好友看着我问。

"不错，很好吃。"我边吃边应道，"肉片肥而不腻，口感质地软嫩。"

"哈哈，这就对了，你再尝尝鱼和青菜。"好友又劝道。

我又夹起鱼和青菜大口吃了起来："好吃，鱼块鲜而不腥，青菜淡而不薄，滋味鲜美，风味十分独特。"好友见我十分享受这些美食，高兴地边吃边说："这蒸菜不仅好吃，而且是最能保证营养不受损失的。"

我点了点头，便问："这蒸菜做起来复杂不？"

好友介绍说："不复杂。首先，粳米洗净控干，放入炒锅，以微火炒三分钟，微黄时加桂皮、丁香、八角，再炒三分钟出锅，磨成鱼子大小的粉粒。然后，将五花肉和草鱼切成长五厘米见方的厚片，用布擦干水分，加精盐、酱油、红腐乳汁、姜末、绍酒、鸡精、白糖，一起拌匀，腌渍十分钟。再将蔬菜（可选苋菜、芋头、豆角、南瓜、萝卜、茼蒿、藕、土豆等）洗净切段或切块，和鱼、肉分别拌上五香米粉，与米饭入甑一起蒸。蒸具是杉木小桶（甑）。"

"对，在2011年，我们的'沔阳三蒸制作技艺'还被湖北省政府列为省级非物质文化遗产。"走过来的一位女服务员突然接话道，一脸的自豪，可能她也是仙桃人。

"厉害。"我微笑着应道，"其实，对于你们仙桃人而言，沔阳三蒸不仅仅是摆在餐桌上的几道菜，它经过几百年发展，已是沔阳文化不可或缺的一部分。"

"是的。"说到这儿，站在一旁的女服务员笑得更灿烂了。

"建伟，她叫梅子，也是我们仙桃人，跟这家店的老板是亲戚，来武汉工作好些年了。"好友跟我介绍说。站在一旁的梅子笑着点了点头。

"哦，原来你们是老乡啊，难怪你们这么熟。"我高兴地应道。

好友继续介绍说："三蒸菜自古以来备受人们的青睐，这主要缘于其粉香扑鼻、原汁原味、软糯鲜嫩、营养丰富、老少皆宜的特点。以前我家里条件不太好，只有逢年过节，一家人才能吃上一回蒸菜。"

"哦……"

我认真聆听着好友的讲解，当好友介绍说在2015年的沔阳三蒸文化节上，仙桃被授予"中国沔阳三蒸之乡"的称号时，内心油然升起一股敬慕之情。

此时，三蒸馆外还在下着绵绵细雨，沔阳三蒸那厚重的历史文化让我产生了无限遐想。

以食为媒，品一座历史文化名城。

一部美食文化的发展史，也是一座城市的发展史。今天，我们在追溯沔阳三蒸历史的同时，也在探寻这座城市的发展足迹。以沔阳三蒸为美食文化塑造的城市灵魂，打动着千千万万的游客不远万里来旅游和品尝这三蒸美食。

3. 最是那一碗排骨藕汤的乡愁

许亿在《旧时光的味道》一书中写道："十岁的快乐是清蒸，吃的是新鲜；二十岁的快乐是小炒，吃的是生猛；三十岁的快乐就已经是红烧，吃的是回味。至于以后，便是一道五味杂陈、历久弥香的佛跳墙。将时间煮成味道。"

我的至爱，那把时间煮成味道的便是一碗家乡的排骨藕汤。

排骨藕汤

湖北人有句俗话，叫作"无汤不成席"，排骨藕汤肯定是这席上必备的汤之一。离家在外的武汉人，最"欠欠（方言）"难忘的就是这一碗汤。回家团圆，喝上一碗老母亲亲手炖的排骨藕汤，一家团圆的意义才得以体现，来年的每一天心里都是热乎乎的。

小时候跟着外婆在乡下，外婆最喜欢给我做排骨藕汤。放学回家，我一拐进小巷口，就准能闻到一股清香味传来。我总是悄悄进门，贴着墙根偷偷走，然后躲在厨房的小窗户外面，蹲下来，听砂罐里"咕嘟咕嘟"的汤水和炉火对话。

深吸一口气，鼻腔里满是肉香藕香交融在一起暖暖的、绵绵的味道。然后我再猛地站起来，大叫："外婆，我回来啦！"外婆配合着我表演说："哎哟，傻小子，你吓死我这个老太婆啦！晚上拿你那个大海碗，拍一碗到肚子里去。好不好？"我忙不迭地说："两碗，必须两碗。"

春节前夕，爸妈会从外地回来，全家团圆。待到年三十做年夜饭时，外婆先把煨汤专用的砂罐取出，用滚烫的开水将其里里外外淋透预热。接着，她将剁好的排骨仔细洗净，再过水，控干水分。之后，外婆先用生姜炝锅，待锅热后，将排骨放入锅中，迅速翻炒几下，然后加入水。不久，锅面上就会冒出一层白色的浮沫。这时，她会细心地将浮沫撇去。最后，将处理好的排骨连同汤汁一起倒入预热好的砂罐（武汉人称之为"铫子"）中，开始慢火煨制。外婆悄悄告诉我，用冷开水煨则汤好喝，用热水煨则肉好吃。约莫半个小时后，汤煮沸了，屋子里就可以闻到排骨的香味。这时，再将炉子火力调小，倒入大块的藕，加盐。切记，莲藕一定要是肥白的。这样，煨好的莲藕才会粉粉的，特别诱人。用文火让汤汁慢慢地、一点一点地熬煮，直到汤里的排骨变得酥松散烂，汤水表面浮起一层诱人的甘美粉色。这时，藕的粉糯与肉的鲜香完美融合，一锅鲜美的排骨藕汤便完全达到了火候，盛入汤钵时撒些葱花、胡椒粉。一家煨汤，十家闻香。

长大后，感觉孤单时，总喜欢一个人推开窗，为自己精心地煨一碗汤。左手拿着汤勺绕着砂锅底转圈圈，很轻，每一次的轻轻搅动，都能闻到时光被岁月熬煮后的余香。

武汉人最自豪的煨汤，材料无非就是排骨、鸡鸭，配料也就是莲藕、海带等，装它一"铫子"，哪管它三七二十一，放在火上煨吧！不像湖南人，还要放点枸杞、红枣，也不像广东人，讲究精致、火候，什么三十分钟武火，四十分钟文火，听着都麻烦。

后来，外婆走了，我出门在外，工作繁忙，在饮食上对自己放松下来，总是能凑合就凑合。每次坐在饭桌上，不管从外面点的菜有多么丰盛，总想先喝到一口外婆熬的排骨藕汤，有时想得眼睛潮红。

这次有机会在武汉多住一些时日，我就专门来到小桃园，来品尝一下他们的排骨藕汤，以解思念之苦。吃惯了大鱼大肉，看惯了美景美色，推开小桃园的鲜红色大门，抬高腿迈过高高的门槛，看着雅致的装修，心中没有一丝一毫的陌生感，好像曾经来过无数次。每经过一个餐桌，我都会闻到那熟悉得不能再熟悉的藕汤香味。众人围坐一起，谈天说地。餐桌中央，热气腾腾,如一朵朵白色的浮云般缭绕,又好似绽放的花朵般绚烂。

我找个临窗的位子坐下,随手把手机关机。世事纷扰太过,此时此刻我只想安安静静地喝一口汤,治疗一下自己久念成疾的伤。团圆并不一定需要有人在,有时一个物件、一个风景、一种味道,就可以赋予团圆新的含义。我走过太多地方,看过太多风景。路很远,起初我走得很急,急着长大,急着出行,急着到目的地,急着越过大山大河。每次疲惫的时候,最思念的竟然只有家乡,只有小时候外婆做的饭菜的味道;醒来肚子好饿,感觉塞多少东西都不足以让我果腹。

我想着想着,小桃园的排骨藕汤被端了上来。我喝进嘴里的第一口,有点烫,舌尖缩了一下,但立刻又被汤汁的鲜美包围住,嘴巴里好似有一股泉眼止不住地朝外冒,暖、润、鲜。真的,跟我外婆做的味道像极了:藕清甜、肉香浓,只见汤清而不淡,质肥而不腻,味和而不寡,比民间煨汤更胜一筹。

小桃园原名"筱陶袁",是一家专做煨汤的店。他们选料十分讲究,所进牛肉、排骨等材料都要新鲜的;他们的鸡汤专门选用黄陂、孝感两地一斤半到两斤的母鸡,因为这种鸡肉嫩油厚,不同于肉粗、骨大、味淡的河南鸡。经过宰杀、去毛、破腹、取内脏、去头脚等一系列处理步骤后,将鸡肉切成一寸半长的块状。在入罐炖煮之前,先用猪油和葱白在锅内进行炸制,增添香气。接着,将生姜、白糖、料酒、精盐以及鸡块一同放入锅中进行爆炒,直至炒出浓郁的香味。在此过程中,还需加入少许清水,待水分即将收干但尚未完全干透,鸡肉呈现出嫩黄色时,即可起锅备用。随后,将炒好的鸡肉放入砂罐中,用文火煨煮到八成熟。此时,需要熄火并让鸡肉在砂罐中停放一刻钟。之后,再次上火,继续用文火焖煮,直至鸡肉完全熟透且入味。最后,按照所需的分量,将炖好的鸡肉装入瓦罐中,用小火进行温炖。这样煨出的汤,肉嫩、汤油清黄、醇香味美。

被誉为武汉名厨"四大天王"之一、"煨汤大王"的喻凤山1937年到小桃园当学徒。小桃园以煨八卦汤、牛肉汤和鸡汤名扬江城。喻凤山有个绝活儿,就是煨汤时站在炉子前,双眼随火候观察汤的肉质、成色。一次性放入作料后,他从不用嘴试汤的味道,而是站在炉边,右手轻轻扇动热汤蒸腾而上的热气，便知咸淡是否合适。煨出的汤，恰到好处，味道鲜美。

小桃园集民间煨汤技术之精华，加上选料严格，精心制作，所煨之汤鲜美甘醇，风味独特，享有楚乡风味"煨汤专家"的美称，曾多次接待国家领导人和海内外嘉宾。著名电影导演谢添曾三顾"小桃园"，品尝后赞不绝口，即兴挥毫："三镇名汤，八卦第一。"港澳同胞也赞许"天上桃园到人间"。

日本知名素食料理家狩野由美子说过："所谓的烹饪，是以自身生命的本质，善用自己以外的生命，完成协调性的创造。"协调也是一种平衡感，是对万事万物纷争不休保持坦然处之的态度，你会因自信而从容，因从容而淡定，因淡定而心境开阔。

排骨藕汤，排骨骨头的硬挺，莲藕的软糯，是一种平衡；蔬菜和荤菜的搭配，是一种平衡；大火对砂锅的煎熬，也是一种平衡；时间的流逝和成长的磨砺更是一种平衡。

其实本真就是本源，本源随心也随性，照顾不好本源就没办法给本真一个很好的容颜。

我们心里装着故土，装着故人，装着难忘的家乡味道。走得越远，回归本源的心越重，追求本真的意识越浓，内心的感受越真切。心里有家才有乡愁。乡愁在，家就不会离得太远。思念的味道还在，继承和传承就在。

4. 每粒珍珠丸子的灵魂都有颜色

冬天来了，年味也越来越浓了。

我办公室窗台前的那一朵盆景花，在寒风中不停地摇曳着。我独坐凝思，望着窗外来去匆匆的行人，一份浓浓的乡愁顿时涌上心头。

记得小时候，我最盼望过年了，因为过年时能有鲜香可口的珍珠丸子吃。小时候在农村没什么吃的，如果能吃到一样好吃的东西，便是最幸福的事。

清香细嫩的珍珠丸子是我的最爱。

珍珠丸子，又名蓑衣丸子，是湖北沔阳（今仙桃市）著名的汉族小吃。

珍珠丸子排在沔阳三蒸之首。湖北人又俗称它为"圆子",意为团团圆圆。所以在湖北人团年的家宴上,珍珠丸子是少不了的。

我爱吃珍珠丸子,可能与我是湖北人有关。

珍珠丸子

湖北人爱吃糯米是出了名的。而珍珠丸子这道美食,恰好是由糯米和肉搭配制作而成的。

首先,把糯米洗净,用清水浸泡八小时以上,捞出沥干备用。然后,将猪肉与姜一起剁成肉馅,加入少许生粉,根据个人口味加少许鸡精、食盐、生抽,用筷子顺着一个方向和馅,使劲搅拌五分钟。接着,将调好的肉馅捏成肉丸,放入糯米中滚动,使圆子外层均匀沾满一层糯米。最后,将做好的丸子放入蒸笼,水开后将蒸笼上锅,大火蒸二十分钟左右即可。这样,一盘香香的糯米珍珠丸子就做好了。

这珍珠丸子不仅好吃,还具有补中益气、健脾养胃、止虚汗的妙处,对食欲不佳、腹胀腹泻有一定的缓解作用。

梁实秋在他的一篇散文《炸丸子》中曾经写道:"我不知道为什么湖北人特喜糯米,豆皮要包糯米,烧卖也要包糯米,丸子也要裹上糯米。我私人认为除了粽子、汤团和八宝饭之外,糯米派不上什么用场。"

其实答案很简单。湖北因众多湖泊的滋润造就了糯米的盛产。用糯米还可以做糍粑、米酒、麻糖等,饮食中到处可以见到糯米的身影。另外,这还与湖北地域有关。湖北人以米饭为主食，有如北方人对小麦深情，而南方人对稻米情有独钟一样。珍珠丸子身上裹上的那一层糯米，就像是打上了湖北的印记。

虽说只是珍珠丸子，但对我来说，那才是家的味道。

从我外出务工以来，每年回家过节都能吃到妈妈做的香喷喷的珍珠丸子。家还是以前的那个家，只是随着年龄的增长，一切年少时的记忆都活在这道菜中，没有模糊，反而越来越清晰。

每逢家人在一起吃珍珠丸子时，妈妈还经常拿我开玩笑，说我小时候只要一知道她在做珍珠丸子，就会一直盯着她做，从不离开半步，生怕转个身，珍珠丸子被人吃完了。

就在这时，我同事小艾走了过来，打断了我的思绪。

"张哥，晚上有安排不？"小艾走过来直接问。

"没有啊，你有什么事吗？"我反问道。

"在我们公司附近有一家餐馆新开张，现在有八折优惠酬宾活动。而且我还听说，老板是我们湖北仙桃的，蒸菜做得不错，要不要一起去尝尝？"小艾一脸认真地道。

"好啊，你们仙桃的蒸菜全国闻名，清香爽口。"我兴奋地说，"那我去了一定要吃你们那个珍珠丸子。"

"没问题。"小艾也一脸高兴。

有时候，引诱我们的不仅仅是一盘美味，更是一种时光的味道。

下班后，我和小艾一起去了那家餐馆。那家餐馆门楼的装修很有楚韵风味，看来这家餐馆主打的是家乡特色菜。

进去后，餐馆内的食客不太多，可能是新开张的原因。店内的服务员倒是很热情，引领我们就座后，菜单就递了过来，并详细介绍了一下活动的打折情况。

我们看了菜单，名菜花样繁多，全部以蒸为主。一看到这么多家乡美味，小艾嘴角上扬，满脸幸福，迫不及待地点了自己爱吃的菜。

当然，我点了我最爱吃的珍珠丸子。

没过多久，一笼一笼的美味菜肴上桌了。各式各色的菜品，着实让我眼界大开。这些做出的蒸菜，不仅卖相好看，以鲜泽诱人食欲，还香气扑鼻，令人胃口大开。我又看了看丸子，米粒晶莹如珍珠，色泽洁白，又在其表面撒上小葱，再将甜椒点缀其中，五颜六色，光彩照人。

小艾看到这儿，情不自禁地说："做得真好！"

我点了点头，拿起筷子夹起一个丸子，吃了一口，赞道："细嫩软熟、鲜香可口，好吃。"

小艾听我一说，也夹起丸子吃了起来："味道不错，我小时候也蛮爱吃这丸子。其实，常吃这种蒸菜益处多多。它不仅营养价值高，还能保留食材的原汁原味，且油脂含量较少，是一种很适宜的健康饮食。"

"是的。"我轻声应道。

"这丸子的味道，和你家里做的味道一样吗？"小艾突然反问道。一提到这儿，我陷入了沉思，没有回答。

外面的丸子再好吃，也抵不上妈妈做的丸子，那才是家的味道！

5. 鳊鱼肥美菜薹香，黄陂三合庆吉祥

黄陂三鲜，又称黄陂三合，是武汉市黄陂区的地方传统名肴，已经流传数百年，属于鄂菜系武汉菜。因其一菜三鲜，味道极美，深受人们喜爱。

我有幸吃到黄陂三鲜，是源于导游的介绍。

黄陂三鲜

几年前，我与几个同事一起去武汉黄陂木兰山游玩。导游介绍黄陂美景的同时，也介绍了一下黄陂的特色菜肴。当时，导游声情并茂地吟诵了一首黄陂民间的流行语："鳊鱼肥美菜薹香，黄陂三合庆吉祥。"这引起了我极大的兴趣。

导游进一步解释说："鳊鱼，即武昌鱼，因毛主席在诗中写到'才饮长沙水，又食武昌鱼'而闻名遐迩。菜薹是过去作为皇室贡品的洪山菜薹。而'黄陂三合'则是当地流传了数百年的民间佳肴。来黄陂木兰山旅游，这三样特色美食建议大家去尝尝。"

"美女，那黄陂三鲜是怎么做的呢？"我的提问也引起了大家的兴趣。

"黄陂三鲜是由鱼丸、肉丸和肉糕组成的，制作工艺繁杂。鱼丸一般选用新鲜的鲢鱼（或草鱼、鳡鱼），刮鳞剥皮去鳃剔骨，然后剁成泥，拌入鸡蛋清、姜汁、香葱、精盐、猪油、淀粉、味精和清水，搅拌均匀后再捏成一个个圆圆的丸子，放入锅中，在水中煮至浮起，捞起备用。肉丸一般选用猪前夹肉剁成馅状，配上少许鱼肉泥和各种调料，捏成肉丸后在油锅中炸熟。肉糕跟肉丸的用料相同，但在工艺上复杂一些，要在蒸笼里铺上豆油皮，将鱼、肉糊在上面摊平，蒸熟后切成几大块，抹上蛋黄，再蒸半小时后出笼，摊凉后切成长条状。这样，色香味美、清淡可口的黄陂三鲜就做成了。"导游详细介绍说。

我听了半天，感觉复杂得有点被绕晕了，但这种三菜合一的大杂烩，味道一定不错。导游的讲解，让我对黄陂三鲜有了进一步的认识。

崇祯年间，李自成率领起义军攻取了黄陂城，捉了县官。当地百姓拿出过节才用的鱼丸、肉丸、肉糕招待起义军。因其三菜合烧，色香味俱佳，鲜嫩可口，受到起义军的喜爱。从那以后，黄陂三鲜盛名远扬。

在黄陂民间，素有"没有三合不成席"之说。无论是红白喜事，还是逢年过节的家宴，黄陂三合都是压轴菜。这道菜，其实还有另一层寓意。菜中含有"鱼""丸""糕"三字，鱼与余谐音，丸子俗称为圆子，糕与高同音。我们可以看出，黄陂人民在这道菜中寄予了美好的愿望，希望日子年年有余、家家团圆、步步高升！

如今，黄陂三鲜已跻身于汉派名菜之列。

旧食光 老情怀 正是江城遍地炊烟时

据宝庆楼第三代传人黄宝庆说，宝庆楼黄陂三鲜已有百年历史，发明人是他祖父黄庭祯。清末时期，黄庭祯修建了宝庆楼、福寿楼、文明楼三座茶楼酒馆。经过几代人传承，到2014年，宝庆楼申报的黄陂三鲜已成为武汉市"非遗"。

在我们游玩了木兰山七宫八观三十六殿的人文景点后，我就迫不及待地喊着几位同事一起去吃黄陂的特色菜——黄陂三鲜。

我的一个美女同事，是一个地道的吃货，一听我说要去吃黄陂的特色菜，满脸堆满了笑容。在一片欢快的氛围里，我们找了一个环境相对较好的餐馆。

进去后，我就直接问服务员："你们这儿有黄陂三鲜吗？"

"有，你们请坐。"说完，就把菜单递给了我。我三下五除二就点好了菜，坐等黄陂三鲜上桌。

没过多久，一大盘香气扑鼻的黄陂三鲜就端上来了。一菜三样，色泽各异，鲜嫩芬芳。我立即拿起筷子夹起一个鱼丸吃，边吃边评价："鱼丸滑嫩，柔中带软，软中藏韧，无骨无刺，滑润爽口。"

另一位同事见我吃得很享受的样子，嘀咕道："有那么好吃吗？"于是也夹了一个鱼丸吃了起来。他咀嚼了几口后，说："不错，好吃。"我们给了他一个鄙视的眼神。

我接着吃肉丸和肉糕，肉丸外酥而有嚼劲，肉糕软柔，色香味美，清淡可口。真可谓是"肉有鱼香，鱼有肉味，食鱼不见鱼，吃肉不见肉"的极品美味佳肴。

"好吃。一菜三鲜，滋味各异，色香味美。"我的那位美女同事情不自禁地赞道。

"哈哈，好吃就好。"我大笑道，"这里不仅有名胜游览，还有极具特色的美味佳肴，真是不枉此行！"

他们认可地点了点头。

黄陂三鲜作为黄陂区推广的一道名菜，也成了黄陂区的一张流动的名片，代表着黄陂区厚重的历史文化！

6. "金殿玉菜"洪山菜薹的三生三世

武汉有位作家曾在小说中这样写道："广东的苦瓜味道太淡，海南的空心菜味道太淡，北方的萝卜味道太淡，湖南、四川的辣椒太辣，绍兴的臭豆腐太臭，来吃一吃武汉蔬菜吧。吃了就知道了。"还特别提到了洪山菜薹："武昌洪山宝通寺附近的紫菜薹，在初春的时节，用切得薄亮如蜡纸的腊肉片，急火下锅，扒拉翻炒两下。那香啊，那就叫香！"

洪山菜薹

洪山菜薹，色紫红、花金黄，俗称红菜薹，因产于武汉市洪山区一带而得名。其脆嫩清香，清腴甘爽，营养丰富，是深受武汉市民喜爱的蔬菜之一。

也许，你吃过紫菜薹，但没有吃过洪山菜薹。洪山菜薹属于紫菜薹的一个珍稀品种，俗称"大股子"。你如果尝过洪山菜薹，就会觉得产于洪山区的紫菜薹口感最佳。通过对比，你就会发现它的形态、质地、口感等都优于一般的紫菜薹。

红菜薹茎肥叶嫩，色香味美，在唐代已是餐桌上的著名蔬菜，历来是湖北地方向皇帝进贡的土特产。相传，慈禧太后常差人来楚索取洪山菜薹，视之为"金殿玉菜"。有诗云："不需考究食单方，冬月人家食品良。米酒汤圆宵夜好，鳊鱼肥美菜薹香。"

古往今来，洪山菜薹一直沉浮于历史的长河之中。即便到了现今，还如此令人如痴如醉。

如今，每逢菜薹飘香时，我最想吃、最怀念的就是洪山菜薹了。

我记得第一次吃到洪山菜薹炒腊肉已是十几年前的事了。当时，一个高中同学请我在洪山广场附近的一家餐馆吃饭。当我同学点到洪山菜薹炒腊肉这道菜时，我很是惊讶。我第一次听说菜薹还可以和腊肉一起炒，这样炒出来的菜薹还会保持原味吗？

我同学似乎看出了我的疑惑，解释说："我第一次吃这道菜时，跟你的疑问一样，因为我们从小生活在农村，习惯上都是将菜薹进行清炒，从不会跟其他食材一起炒，更别说是腊肉了。"

"是啊，那这样炒出来好吃不？"我疑问道。

我同学很肯定地点了点头。

于是，我的心情由对这道菜的好奇上升为很是期待。

我们都知道，腌制腊肉在中国有着超过两千年的历史。通常在腊月进行腌制，所以称作"腊肉"，是百姓过年必备的食品。湖北的腊肉一直保持着色、香、味、形上的特点，素有"一家煮肉百家香"的赞语。

洪山菜薹和腊肉一起搭配组合成的菜肴，又将会是怎样一番风味？

菜上到桌上时，还是深深地惊住了我。菜薹，体长叶广，茎干粗肥；腊肉，色泽鲜艳，黄里透红。

"洪山菜薹炒腊肉果然名不虚传，光看表相，就让人很有食欲。"我大赞道。

"能与武昌鱼齐名的菜，那当然不一般了。"我同学高兴地说，"你先尝尝看。"

我也毫不客气，夹起菜薹就吃了起来："滑嫩，清香，口感好，堪称极品美味。"

"哈哈，老同学，看来你还真是第一次吃这洪山菜薹啊。"我同学大笑。

"是的。"我有点不好意思。说完，我又夹起一块腊肉送进嘴里，"醇香柔润，肥不腻口，别有风味。这两种菜的完美结合，真是妙不可言！"

"嗯。洪山菜薹，起源地为现在的武昌洪山。相传，它已有一千七百多年的栽培历史，与拥有一千八百年历史的武昌古城年龄相仿。关于它的传说，有很多很多。"我同学进一步介绍道。

相传，当年唐朝的开国元勋尉迟敬德出任襄州都督时，路过江夏（今武昌），鄂州刺史忙令家人预备了一桌丰盛酒宴，为尉迟敬德接风。

席间，尉迟敬德对满桌的山珍海味不怎么感兴趣，而最后上桌的一道紫红色蔬菜却使他食欲大增。他边吃边赞道："好菜！好菜！色香味皆美，脆嫩可口。"尉迟敬德从未见过这种蔬菜，也不知其名。鄂州刺史告诉他："这是楚天名菜'菜薹'，与武昌鱼齐名；若长期食用，可益寿延年。"

尉迟敬德闻之，甚为欢喜，一口气将整盘菜薹吃得精光。临行前，尉迟敬德拒绝了鄂州刺史为他准备的厚礼，唯独要了一筐菜薹。同时嘱咐鄂州差役，请他每年给他送一筐菜薹去。

但一晃三年过去了，在府上苦等的尉迟敬德一直未收到鄂州刺史送来的菜薹，心情十分急躁。不知缘由的尉迟敬德，干脆就派人到江夏催促。但结果令他吃惊，菜薹都被东山（洪山）出的"井蛛湖怪"吃掉了。

为了能保住这美味的菜肴，尉迟敬德在弥勒寺（今宝通寺）住持的建议下，亲自向皇帝请求赐金建塔。最后，宝塔建成了，妖怪镇住了，而尉迟敬德因积劳成疾，还未来得及吃到菜薹就不幸离世了。

从此，在宝塔的神威下，弥勒寺钟声传播之处，长满了茂盛的菜薹。这就是我们如今的洪山菜薹。

洪山菜薹回味清甜，常吃不厌，越吃越爱。它能有如此美味，与洪山的土质是分不开的。洪山处于丘陵地带，土质为红壤和黄壤土，冬春两季时晚上冷，白天阳光温和，在雨露的滋润下，菜薹最宜生长。若菜薹迁地移植，不仅形态、颜色不同，口味也有差异。

221年，割据江东的孙权见曹丕已代汉称魏帝，刘备亦在蜀称帝，遂开始做称帝的准备，自公安迁都至鄂（今鄂州），取"因武而昌"之义，改鄂为武昌。相传，某日，出城游玩的孙权母亲无意间吃到洪山菜薹，对其赞不绝口，夸其甜脆清香，为他处所不及。

后来，孙权为了让母亲能吃到这种菜，在即将离开武昌之际，特地精选了一些洪山菜薹的种子，准备带到建业去种植，可是所种菜薹的味道总不如洪山产的好。为了满足老母亲的心愿，孙权又派专人到洪山取了很多的土，用船运回去种菜薹，但效果亦不佳。

洪山菜薹因此又被世人称为"孝子菜"。

我一边吃着，一边听同学跟我分享这许多关于洪山菜薹的来历。

据我后来查询的相关资料，洪山菜薹炒腊肉在做法上很讲究。在洪山菜薹的选择上，要既鲜且嫩，主要吃薹。薹用手折，长约寸许，洗净沥干备用。腊肉要切成一寸长的薄片，先放进锅里煸炒，然后捞起，再炒菜薹，最后把腊肉掺入，起锅装盘。

这样，一盘历史名菜就做成了。

洪山菜薹，为我们这座城市积淀了浓厚的文化气息，也成了武汉市的一张生动名片。对于武汉人来讲，它是一种情怀，一段无法远离的记忆；对于远离故乡的武汉人来说，它更是一种深深的思念！

7. 传承千年、让人念念不忘的东坡肉

第一次吃到东坡肉，那是三十多年前的事了。

那时，我七八岁，家里条件不够好。在当时要是能吃上一顿肉，那是最高兴的事了，更别说是东坡肉了。

至今我还记得，偶然一次到叔叔家去串门，正逢叔叔家在办酒席，见我到来，叔叔从厨房夹了一块肉给我吃。

我一见到肉，那是比见到亲妈还要亲。

吃第一口时，那美味几乎甜进了我心里，真是太好吃了。当时我暗自以为，这应该是世界上最好吃的肉了。

我小口小口地吃着，生怕一口就吃完了。我还问叔叔："这是什么肉？"

"东坡肉。"叔叔笑着应道。

"东坡肉？"我不解地喃喃自语。

从那时起,东坡肉一直记在了我心里。在那之后,我也吃了不少肉,但总吃不出当时的味道来。

东坡肉

上了大学后,想弄清什么是"东坡肉"的愿望很强烈。当时,我去图书馆查询了东坡肉的相关始末。

不查不知道,一查,发现相关的典故、传说很多。关于东坡肉的首创之地,也是众说纷纭。在鄂菜、浙菜、川菜中,都有东坡肉,而且做法也不尽相同。在人们眼中,杭州的东坡肉是全国最为闻名的。

最令人惊奇的是,能以名人命名,并流传近千年的菜肴,在中国乃至全世界也是少见的。

东坡肉,在湖北当地广为百姓所熟知,常见于宴席上,是湖北的传统名菜,是北宋时期著名的政治家和文学家苏轼谪居黄州(今黄冈)时亲手所创。苏轼不仅在诗文、书法、绘画上造诣很深,而且对膳食、烹饪亦颇有研究。

在此之前,有"回赠肉"一说。

据记载,宋神宗熙宁十年(1077年),苏轼赴任徐州知州不久,黄河在澶州(今河南濮阳附近)曹村埽一带决口,造成洪水围困徐州。苏轼亲自率领禁军武卫营,和全城百姓一起抗洪筑堤保城。

经过两个多月的昼夜奋战,徐州城保住了。城中百姓无不欢欣起舞,为了感谢新任知州领导有方，纷纷杀猪宰羊，担酒携菜上府感谢。苏轼推辞不掉，就命家人收下后，制成红烧肉回赠给了城中百姓。百姓食后，感觉肉肥而不腻、酥香味美，一致称它为"回赠肉"。

虽然在徐州有"回赠肉"一说，但这道美食真正叫作东坡肉并广为流传还是在黄州。

元丰三年（1080年），苏轼因"乌台诗案"受挫，被贬黄州任团练副使。在那里他开荒废地数十亩，在荒地树林里还建起了一间草屋，名曰"东坡雪堂"，自号东坡居士，这也是"苏东坡"的由来。

在黄州期间，苏轼躬耕劳作，和黄州的老百姓打成一片，建立了深厚的感情。他平时除了常与人赋诗下棋，闲暇时便研究烹饪技术。也是在这个时候，苏轼经常亲自动手烹饪各种菜肴。他烹饪的红烧肉，肥而不腻，酥烂如豆腐，别有风味。

那时，苏轼常拿这道菜来款待客人。客人食后，大赞好吃，糯而不腻、醇香可口。尔后，苏轼烹制的红烧肉被黄州百姓传为美谈。为了让更多百姓能尝到这种美味，苏轼还将烹饪红烧肉的经验写入《猪肉颂》中：

净洗铛，少著水，柴头罨烟焰不起。待他自熟莫催他，火候足时他自美。黄州好猪肉，价贱如泥土。贵者不肯吃，贫者不解煮。早辰起来打两碗，饱得自家君莫管。

苏轼烹饪红烧肉确实技艺高超，他总结的烹饪经验"少著（着）水"非常精准，能够烹制出汁浓味醇、口感绝佳的美食。所以，苏轼烹饪的红烧肉在黄州当地逐渐盛行起来。

后来，黄州人民怀念和敬仰这位名满天下的大诗人，遂将他所创的软糯香酥的红烧肉取名为"东坡肉"。东坡肉流传至今，盛而不衰，近千年以来，一直是鄂东地区宴席上的一道名菜。

2015年12月，在湖北省烹饪酒店行业协会第六届会员代表大会上，黄冈市有六道菜肴被认定为湖北名菜点、中华名菜点，其中就包括黄州东坡肉。

东坡肉在做法和选择食材上很是讲究，需要半肥半瘦的猪肉。首先，将五花肉切成相等的长方块状，放入锅中，加入清水煮开，去除血水和浮沫后，将煮好的五花肉捞出备用。接下来，使用砂锅进行烹饪。在砂锅底部放一个小蒸架作为垫底，依次铺上葱（小葱）和姜块，并将五花肉整齐地摆放在葱、姜块之上。随后，加入适量的白糖、酱油和绍酒，再放入一个葱结（大葱），盖上锅盖，用小火慢慢焖煮两个小时左右，直至肉质变得酥软入味。焖煮完成后，将砂锅远离火口，稍微冷却后撇去浮油。接着，将五花肉皮朝上装入陶罐中，并加盖密封。最后，将陶罐放入蒸笼中再蒸半小时左右，直至肉质更加酥嫩。这样，一道味道浓厚的东坡肉就做成了。

为了再次尝到味美的东坡肉，我打听到武汉一家餐馆有这道菜。于是，我邀上同学一起去了那家店，点了东坡肉。在东坡肉上桌的那一刻，我再次深深地陷入了回忆之中……

东坡肉，色泽油亮红润、味美香醇，自古以来备受人们喜爱。我夹起一块东坡肉送进嘴里，瞬间感觉小时候吃的那口味道又回来了。我无法想象，十几年前的记忆化作一道美味深深地藏在了我心里。

我爱东坡肉，但更爱东坡肉留在我心里的那口永恒的味道！

8. 薄如纸、形如梭的千张扣肉

味至浓时即是乡！

我们每个人都怀有一个思念家乡的情结。无论身在何处，家永远是我们心系的港湾，那种思乡之情随着年龄增长是越来越浓的！

常言道："父母在，人生尚有来处；父母去，人生只剩归途。"失去唯一的亲人后，江宁把一切的思念都寄托在了一盘千张扣肉之中。

江宁是湖北荆州人，身世很是坎坷。在他很小的时候，父亲因车祸去世。母亲受不了这个突然的打击，选择一走了之，从此杳无音信。

从小，江宁跟奶奶相依为命。可以说，江宁是不幸的，但也是万幸的。至少，在这世上还有一个疼爱他的奶奶。

在江宁的印象中，奶奶有一个绝活儿，她很会做千张扣肉。你可别小看这道菜，想要做好它，并不容易。因为主料是猪肉，如果做得不好的话，一见到肥肥的猪肉就会没了食欲。而江宁奶奶做的千张扣肉，色泽艳丽、肥而不腻、美味可口，受到四方乡邻的认可。凡是大小宴席，四方乡邻都要请她去帮忙做这道菜。

千张扣肉[1]

千张扣肉，又名"梳子肉"，是湖北的传统名菜，也是湖北江陵地区传统宴席上的"三大碗"之一，至今已有一千多年的历史。因其老少皆宜、营养价值高，而受到广大百姓的喜爱。

没有品尝过这道菜的人，可能会误认为它是用千张和猪肉一起做成的。其实不是，千张扣肉以肥瘦兼有的五花猪肉为主料，经油炸，上红糖色，再切成薄片，以碗扣住蒸熟成菜。因切成的肉片薄如纸、形如梭、片数多，故名"千张扣肉"。

关于千张扣肉，在湖北当地还流传着很多版本的传说，其中以唐代宰相段文昌与千张肉的故事最为出名。

唐代有一个宰相，名叫段文昌。他喜欢品尝各类美食，对中华美食文化颇有研究，是一位有名的美食家。千张扣肉这道名菜就是他首创的。

唐穆宗年间，段文昌回老家省亲。回到老家后，他让厨师做了许多菜来宴请亲朋好友。其间，厨师做了一道叫梳子肉的菜。块大肉肥，一看菜相就使人感觉腻得慌，几乎无人食用。宴后，段文昌找到厨师，对那道菜提出了改进的技法。

首先，他让厨师将纯肥肉换成肥瘦相间的五花肉，将炸胡椒换成黑豆豉，又增加了葱和姜等作料。然后，段文昌亲自操刀做示范。

---

[1] 图中菜肴为笔者亲制，因厨艺有限，望请读者见谅。

数日后，段文昌要离别家乡。他再次宴请乡亲，让厨师按照自己改进的方法，再次做了一道"梳子肉"。经过改进的"梳子肉"与上次大相径庭，菜相色泽红亮，肉质松软，味道鲜香，肥而不腻。一上桌，客人就争相品尝，并连连称赞。

在座的客人边吃边纷纷问道："这是道什么菜？"段文昌见此菜肉薄如纸，便随口取了个名字："千张肉。"

后来，这道名菜在宰相段文昌的传播下走进了千家万户。一千多年来，发展为现在的千张扣肉，成为湖北地区宴席上一道不可或缺的菜肴。

江宁是吃着奶奶做的千张扣肉长大的。千张扣肉的每一寸味道，都饱含着他对奶奶的记忆。我和江宁是在上大学时认识的，他曾经告诉我说，他一生中最开心、最幸福的事，就是吃上奶奶做的千张扣肉。

江宁参加工作后，性格变得比以前开朗了许多，对未来充满了向往。江宁知道，奶奶为了这个家，付出了很多很多。他暗自下决心，一定要好好工作，将来好好报答奶奶的养育之恩。

可是，不幸再一次降临到江宁那个脆弱、苦难的家庭！

前年，江宁的奶奶因劳累过度染病去世了。去世前，奶奶还一直放心不下江宁。突然失去了唯一的亲人后，江宁万分悲痛。虽然在武汉打工离家不太远，但从那以后，他一直没有回去过。

对他来讲，奶奶不在了，家也就不在了。

从那以后，江宁再也没有吃过千张扣肉。每次，他穿行在武汉的大街小巷看到这个菜名时，都会忍不住停下脚步，回忆起与奶奶生活的点点滴滴。

我有幸吃到这个菜，是在武汉的一次聚会上，江宁给我推荐的。当时，他跟我详细讲了许多关于千张扣肉的故事。那次讲解，让我对千张扣肉了解了许多，也让我充满了好奇心。在那次聚会上，我也有幸第一次品尝到千张扣肉。当这道菜端上桌时，它的色泽嫣红、醇香味鲜，瞬间燃起我的食欲。

菜还未上齐时，我就忍不住夹起一片肉送进了嘴里："肉片烂而不糜，味道软嫩不腻、咸甜馥香浓郁，真是太好吃了。"朋友们见我吃得津津有味，也都争相品尝起来，吃后都大赞这菜肴做得不错。

一个天气晴朗的周末。也许，江宁太想他奶奶了；也许，他也想跟我这位老友聚聚了，就约我在一个家常菜馆会面。在那家菜馆，我们毫不犹豫地再次点了那道千张扣肉。在江宁吃到这道菜肴时，我能隐约地看到，他的眼里噙着泪水。

9. 貌不惊人、内心丰富至极的皮条鳝鱼

曾经，成龙拍过一部名叫《龙腾虎跃》的电影。电影里有这样一个片段，男主角少年时在田间地头抓青蛙、捉鳝鱼。这是一个非常贴近生活的片段，我看到这个片段时，也想起了自己的童年。

我是农村长大的孩子，当年农村玩的东西很少。夏季时，捉泥鳅和鳝鱼成了我们的乐趣之一。一到夜晚，田间地头、池塘边都会出现我们的身影。因为晚间是泥鳅、鳝鱼出来觅食的时间，也是最好捉的时机。

大人们也是选择这个时候出动，他们会将自己编织的笼子于夜间埋在农田里。笼子里会放上鳝鱼喜欢吃的蚯蚓，一旦周围有鳝鱼，就会被吸引而钻进笼子。抓住的鳝鱼，都会拿到集市上去卖，换些零花钱贴补家用。

鳝鱼，在我们当地又称为黄鳝，也是我们餐桌上的一道美食。鳝鱼味美，且有药用价值。据《名医别录》记载，鳝鱼有补中、益血的功效。特别适合身体虚弱、气血不足、营养不良之人食用，妇女和老人建议多食。

鳝鱼在烹饪上做法非常多，但尤以湖北荆州的皮条鳝鱼最为出名。至今已有数百年历史，属于鄂菜系中经典菜品之一。

皮条鳝鱼

以前，我吃过一些宴席上做的鳝鱼，感觉鳝鱼的肉质很鲜嫩，味道也不错。但是，自从吃了正宗的皮条鳝鱼后，我的观念就彻底改变了。那味道的差别，简直是一个天上，一个地下。我真没想到，鳝鱼还能做得如此美味。

那是几年前，我的发小小宇从外地回到武汉，让我跟他见面聚聚。

我接到他后，就在附近找家餐馆准备一起吃饭。刚好有一家新店开张，有几个服务员在店前发传单。我们还没走过去，就有一个女服务员很热情地跑过来把一张传单递了过来。

"先生，我们新店开张，你们可以进去看看，所有菜品都会打折优惠。"这名女服务员急忙介绍道。

"哦，你们店都有些什么特色菜呢？"小宇问道。

"有荆沙鱼糕、洪湖野鸭、皮条鳝鱼等，因为这店是荆州的老板开的，都是荆州的一些家常特色菜。"服务员介绍说。

"哦，好的。"小宇应道。他又问我怎么样，我点了点头。

然后，我们就随服务员进去了。因为是新店开张，有优惠酬宾活动，进来吃饭的食客还是蛮多的。那名女服务员领我们在一张空桌旁落座后，我就让小宇开始点菜。

小宇点到那道皮条鳝鱼时，一下子触动了我小时候的记忆。

"小宇，你还记得不？你上小学时，把抓住的鳝鱼放在女生的抽屉里，吓得女生连连惊叫。"我一说完，立马引起身边的女服务员抿嘴偷笑。这时小宇才反应过来，不好意思地哈哈大笑起来。

"这么多年了，你还记得。"小宇笑着说道。

"当然了。当年，你应该算是让老师们最不省心的一个。"我笑着直接说。

"是啊，当年是太调皮了点。"说这些时，小宇略有些脸红。

小宇点完菜后，我们在等菜的过程中，聊了许多过往的糗事。皮条鳝鱼端上桌子时，着实让我惊艳了。只见皮条鳝鱼形似皱皮蛇条，色泽金黄，外酥内嫩。光看菜相，就让我眼馋了起来。

小宇似乎看出了我的心思，连忙说："你可能还没吃过这个皮条鳝鱼吧？这皮条鳝鱼是荆州沙市的传统特色菜肴，其声名享誉海内外。我倒是没想到，在武汉还能吃到这样正宗的皮条鳝鱼。"

"哦，难怪做得这么好。"我应道。

小宇进一步解释说："皮条鳝鱼，原名'竹节鳝鱼'，因烹制后的鳝鱼像竹节样一段一段的而得名。在做法上很是讲究，尤其重火功技术。将活鳝鱼宰杀洗净，去骨后切成条状，挂糊。然后用麻油几次氽炸到皮酥，再挂上糖醋黄汁即成。"

"哦，你怎么这么了解啊？我以前怎么没听你说过？"我问道。

"这个我也是后来才知道的。"小宇应道。

关于这道菜，还有一个著名的传说。

相传，清道光年间，湖北监利人朱材哲，调任台湾府知府。当时，台湾百姓因鳝鱼打洞拱垮田埂产生纠纷。关于此事，朱材哲很快想到一个解决纠纷的办法。他命令随去的荆州厨师以鳝鱼为原料，制作皮条鳝鱼这道菜，再邀请纠纷双方一起品尝，食客吃后无不啧啧称赞。

从那以后，台湾百姓才知道原来鳝鱼是可以吃的。在朱材哲的倡议下，台湾百姓开始捕食鳝鱼。"鳝鱼案"的圆满解决，一度传为佳话。食鳝的习俗也因此传入台湾，流传至今，也使得皮条鳝鱼从此成为一道地方名菜。

听小宇讲了那么多，我实在忍不住夹起一块鳝鱼吃了起来："外酥脆，内油嫩，味道香甜醇厚，绝味！"

小宇听了我的赞叹后，笑着点了点头，也夹起一块鳝鱼送进嘴里吃了起来……

10. 黄焖甲鱼，长寿席上的不二之选

提到甲鱼，我们都不陌生，生活中我们通常称它为鳖、王八等。在我国古代，它有着相当神圣的地位。古代科学不发达，祭司们常以龟甲求卜问卦。甲骨文中的"甲"，也主要来源于龟的腹甲。

古有"千年王八万年龟"之说。甲鱼不仅以寿命见长，而且自古以来一直是我们餐桌上的美味佳肴，是上等宴席的必备菜。《诗经·大雅·韩奕》中记述了用蒸鳖、煮鱼等菜来招待韩候的事例：

"韩侯出祖，出宿于屠。显父饯之，清酒百壶。其肴维何？炰鳖鲜鱼。其蔌维何？维笋及蒲。"

甲鱼的肉质集合了鸡、鹿、牛、羊、猪五种肉之美味，素有"美食五味肉"之称。甲鱼不仅是餐桌上的下酒菜，还可作为中药材入药。中医认为它具有清热养阴、平肝熄风、软坚散结的特点，有着良好的滋补营养功效。

民间素有"鲤鱼吃肉，王八喝汤"的说法。其意思为吃鲤鱼主要在于食其肉；吃甲鱼主要在于喝汤。甲鱼营养全面，做成汤喝更能起到大补的作用。

在我小时候的印象中，甲鱼可以说是一道撑门面的菜，是富贵的象征。凡是富人在举办酒席时，必定会有甲鱼这道菜。在南方的餐桌上，红烧甲鱼的吃法居多。

我以前在饭局上吃得最多的也是红烧甲鱼，而黄焖甲鱼是在我同学的婚礼上品尝到的。那色泽鲜红、美味香醇的佳肴给我留下了深刻的印象。

黄焖甲鱼是山东潍坊地区的特色传统名菜，是以甲鱼、肥母鸡为主料的菜肴，与红烧甲鱼的做法和口味有着明显的区别。它的成名与郑板桥有关。

相传，乾隆年间，山东潍坊有一个姓陈的乡绅，为了滋补身体、延年益寿，选用以长寿闻名的甲鱼和鸡一起炖煮做成菜来吃，其味异常鲜美。

有一次，乡绅邀请"扬州八怪"之一的大画家郑板桥到家中做客。席上山珍海味，水陆杂陈。但郑板桥对"甲鱼炖鸡"这道菜最为满意，称赞此菜味属上品，并随后向乡绅请教此菜的做法。

乡绅见郑板桥对此菜很感兴趣，就兴致勃勃地详细讲解了此菜的做法："先将甲鱼和肥母鸡宰杀洗净，再将它们一同放入锅中，加入葱姜丝、八角等调料和适量的水，煮沸后，转小火慢慢煨熟捞出。接下来，将鸡肉剔去骨头后切成长条状，下入锅中，加入适量的花椒油、葱姜丝、酱油等进行亨烧。随后，将之前煮甲鱼和鸡的原汤倒入锅中。在起锅前，加入适量的绍酒和味精，进行最后的焖烧。片刻之后，当汤汁变得浓稠，香味四溢时，这道美味佳肴就做好了。"

郑板桥听后连连点头。后来，他还将此菜的做法传给了身边的朋友。在此菜的基础上，后人经过改良，增加了海参、鱼肚、口蘑等原料，先煨后焖，使之更为鲜美。黄焖甲鱼也因此而得名并扬名八方。

黄焖甲鱼

声名远播的黄焖甲鱼，因其营养全面、味道鲜美等特点得到了海内外食客的青睐。对于有着几千年饮食文化的中国，黄焖甲鱼因其风味独特，又蕴含长寿之意，成了各大餐桌、宴席上的首选。

在那次婚宴上，我们几个同学一桌，谈天说地。当时，有个同学在席上见我吃甲鱼津津有味，就推荐我吃甲鱼的腹甲，说那里更好吃、更有营养。我当时感觉不好意思，就推托了。其他的同学见状，都劝我吃。

"哎呀，张同学还这么斯斯文文，太不干脆。"另一个同学见我一直推托便这么说道。话音一落，就立马引起同学们一阵哄笑。然后，他就直接把腹甲夹到了我的碗里。

"那我就不客气了……"我就夹起腹甲吃了起来。

这时，一个女同学说："其实，甲鱼的滋味鲜美还不只在其肉，腹甲四周的裙边味道更佳。腹甲的裙边在古代被誉为'水八珍'，也一直是宴席上的上等菜。"她这一番话，得到了同学们的肯定。

"是的，腹甲四周的裙边真是太好吃了。胶质浓糯、不肥不腻、细嫩鲜香，令人回味无穷。"我美美地尝了几口后应道。

然后，那位女同学跟我们分享了一个故事。

相传五代时，有一个名为谦光的僧人精于饮食，平时他酒肉不忌。他曾说过这样一句话："老僧无他愿，但得鹅生四只腿，鳖长两重裙足矣。"可见他对鹅掌和鳖裙的喜爱。

其实，谦光并不是唯一一个喜欢鳖裙的僧人。据《江邻几杂志》载："客有投缙云山寺中宿者，僧为具馔馐，鳖甚美，但讶其无裙耳。"比起鳖肉更诱人的是其裙边，但可能是让烧火的和尚偷吃了。

最为出名的还是宋代仁宗皇帝召见江陵县令张景的一个故事。当时，仁宗皇帝问张景平时所食何物。张景回答说："新粟米炊鱼子饭，嫩冬瓜煮鳖裙羹。"好一个冬瓜煮鳖裙，惹得仁宗皇帝羡慕不已。从那以后，皇宫御膳中无不列有鳖裙这道菜。鳖裙，也因此成为一道享誉天下的名菜。

听了那位女同学的讲解后，我对中华丰富多彩的饮食文化有了更深的认识，深刻体会到其博大精深。同时，我也对黄焖甲鱼这道菜刮目相看。

在那次婚宴中，我们吃着美食，聊着以往的同学生活，人生好不惬意。在快散场时，没有吃够的我就问他们，下次相聚时，可否再来一盘黄焖甲鱼……

第一章 ◆ 武汉菜：旧食光，口腹之欲何穷之有

第二章 特色菜：风云起，无限风光在险峰

特色菜肴，总是有着特别的味道。一个特色菜，往往代表着这个地方多年以来沉淀的风俗文化。不同的菜品，不同的味道，让身处异乡的你，也能找到一种美食来温暖你的心灵。

11. 民国风，玩一回穿越——品烤肉

尽管民国时期早已远去，但民国时期的文化、建筑以及生活方式等，仍在持续影响着我们的生活，近年来民国风一度风行。

我也不例外，踏寻着武汉的大街小巷时，会寻找旧时记忆。经历风雨岁月洗礼的武汉，到处散发着怀旧和民国的味道。

至今，武汉还建有多处民国风情的街巷，如汉街、汉口里等。其中，闻名全国的楚河汉街，因楚河而生，沿南岸而建，堪称"现代清明上河图"。相比汉街的民国风情和灯光璀璨，我更喜欢原汁原味的汉口里。虽同为民国风情，但汉口里多为来汉的豪商集资兴建，它以汉口开埠百年的历史为脉络，对晚清民国初汉正街等代表性建筑进行了复原，展现了老汉口的生活方式。

有人说过："北京有胡同，上海有弄堂，武汉有汉口里。"

当你第一次走进汉口里时，你会突然发现，那些曾经消失的百年老字号招牌又重现街头，让你仿佛穿越到民国一般。里面的一砖一瓦，散发着古色古香的气息。墙垣上那斑驳的痕迹，好像在叙述着历史岁月的沧桑。

汉口里的"里"，原称为"里份"，是老汉口特有的民居形式，也是老

武汉最具代表性的建筑群落。它起源于汉口开埠后的十九世纪末。这条商业街浓缩了百年前大汉口的生活文化风貌，是一条容易勾起老武汉居民回忆的街道。

烤肉

我上学的时候，最爱去的地方就是汉口里。在那里，有三三两两的人们一起闲逛，一起购物，一起品尝美食。一些消失了多年的传统工艺都在那里重现，如捏糖人、贴面人、板画、汉绣等。

我爱汉口里，但我更爱那里的烤肉。

烤肉是中国久负盛名的特色菜肴，受到大众的喜爱。《明宫史·饮食好尚》中就有"凡遇雪，则暖室赏梅，吃炙羊肉"的记载。最早的烤肉，是把牛肉或羊肉切成方块，放些葱花、盐、豉汁等调料，然后拿去烹烤。

清代，烤肉技术经过改进和发展后日臻完美。道光二十五年（1845年），诗人杨静亭在《都门杂咏》中盛赞道："严冬烤肉味堪饕，大酒缸前围一遭。火炙最宜生嗜嫩，雪天争得醉烧刀。"

我们从杨静亭的诗句中可以看出，在寒冷的严冬，古人围着烤炉吃着烤肉、喝着烈酒，是多么惬意的一件事。更何况是现代的我们，美食不仅是果腹的东西，更代表了一种生活态度。

刚开始我并不知道武汉还深藏着这么个好地方，是一次偶然的机会同学带我过去的。第一次踏进汉口里时，街道巷子里到处弥漫着烤肉味，那浓郁

第二章 ◆ 特色菜：风云起，无限风光在险峰

033

诱人的香味让人欲罢不能。

我们循着香味找到了一家烤肉店。只见烤肉店外整齐地排着数十米长的食客队伍。我们也跟着排队，等了许久才到我们。烤炉上的鲜肉，外焦里嫩，色泽鲜艳，阵阵诱人的香气扑鼻而来。

我们选了他们店内的招牌烤羊肉，这是我们的最爱。

其实，烤肉是一门技术活儿。要让烤肉从"骨子里"溢出浓郁的香气，关键在于两点：一是选用新鲜优质的肉，二是精确掌控烤肉时的火候。不同的肉烘烤的时间不一样，在烤制过程中，各个部位都要均匀受热，需要不停地在火上转动或翻转，以使烤肉的外观和口感达到最佳。

烤肉在做法上也是很讲究的。如烤羊肉串，首先，需要将羊腿肉切成小块，洋葱切成细丝。接着，加入孜然粉、油、盐等各一茶匙，以及生抽三汤匙，将肉和洋葱充分混合后腌制半天。然后，用竹签将腌好的肉串起来。一切准备就绪后，将肉串放入烤炉进行烹烤。上下用火烤十五分钟，再撒些孜然粒和辣椒粉，继续烤五分钟就做成了。

汉口里

当店老板把一串串烤好的羊肉递给我时，眼馋的我当即就吃了起来。口感正好，微辣，肥嫩鲜香，越嚼越有味，好吃。我同学品尝后，也觉得烤得不错。我们边"撸"着烤肉串，边逛着民国风情的街巷，这才是人生最为惬意的生活。

我每次去，都深深地被汉口里蕴含的老武汉最独特的地域文化所吸引。从内到外，汉口里建有各式各样的生活场景，展现了当年老汉口的风范，给人一种置身其中的感觉。

你也不妨来一次，穿越到民国，品一回烤肉！

12. 围炉夜话，牛蛙火锅边的热闹和喧哗

江城武汉，今年出奇地冷。

寒潮比以往来得早些，一阵冷过一阵。在冷飕飕的街道上，来去匆匆的行人很早就穿上羽绒服把自己裹得严严实实。

每逢严寒降临时，吃火锅就成了人们的首选。

其实不管严冬还是盛夏，我们或多或少都有吃火锅的习惯。

我还记得，小时候一家人吃饭时，桌子中间放有一个老式火锅炉。在炉子的中间放些炭火，点燃，让其充分燃烧。随后，在炉子的四周加入适量的水，并放入一些简单的调料。待水煮沸后，将准备好的食材逐一放入炉中，这就成了一道火锅了。虽然不够美味，但一家人吃得其乐融融。

虽然这是十几年前的事了，但现在想来还是满满的回忆！

我爱吃火锅，但我更爱吃牛蛙火锅。最美的事情，莫过于邀上几个好友，围炉夜话，简直再惬意不过了。

目前，我国的麻辣火锅主要分为重庆、成都两派。重庆火锅起源于民间，历史悠久，口味较厚，以麻辣见长，对麻的感受永远不及对辣的感受。成都火锅相对较淡，味道细腻、层次分明，追求麻辣的均衡。

在我看来，重庆火锅一个字——辣！

不得不说，重庆火锅以辣闻名天下。重庆锅底配上牛蛙，那是绝顶美味。牛蛙低脂肪、低胆固醇，富含高蛋白、丰富的矿物质和维生素，不仅营养价值非常高，味道鲜美，还具有清热解毒、滋阴润燥的功效。

中国自古就有吃蛙的历史。据《本草纲目》引《东方朔传》的话说："长安水多蛙鱼，得以家给人足。"《云仙杂记》记载："桂林风俗，日日食蛙。"李贺亦有诗曰："食熊则肥，食蛙则瘦。"牛蛙因其肉质细嫩、美

味可口，一直是大众喜欢的食材。

牛蛙火锅

我喜欢上吃牛蛙火锅源于一次同学聚餐。在那次聚会中，我无意中夹起一块肉吃了起来，越嚼越有味，那鲜美中带着麻辣的滋味直入心田，真是太好吃了。我又连续夹起几块肉吃了起来。

我不太好意思地问："这个是什么菜？"

"这个菜是牛蛙火锅，你不会没吃过吧？"我的一个同学略带惊讶地说道。

"哦，这个菜真的蛮好吃的。"我应道。

在那个时候，我才注意到汤汁鲜红，香气飘散在每一个角落。肥美、滑嫩的蛙肉，在汁液中若隐若现。

当时，我内心还有一个疑惑的地方，就是牛蛙的肉质是如何保持这么鲜嫩的。在服务员经过时，我特意问了一下。

那名服务员告诉我说："我们店内的牛蛙都是经过挑选的，个头肥大，现宰现卖，保证了嫩、弹、滑三个口感。你在一般的餐馆品尝不到如此肥美的牛蛙。"

我点了点头，觉得很有道理。我又接着问道："这在做法上，与其他的餐馆有区别吗？"

"这个大同小异，但是细节上会略做调整，各家店会注重各自的风格，这样好突出自己店的特色。就像我们店以麻辣为主，做出来的口味也是别具一格。"这名服务员详细解说道。

"哈哈，没想到建伟哥对牛蛙火锅如此感兴趣。"其中一位同学笑道，"我告诉你做法，这还不简单？！牛蛙宰杀去头、去内脏，斩成见方的块，用料酒先腌一下。炒锅置炉上，下油加热，将火锅底料倒入烧至沸腾，再加姜片、大蒜、大葱以及加适量水小火煮开。然后依次放入蛙肉、莲藕、香菜等煮沸，牛蛙煮透后，放入腐竹再煮片刻即可。"

"看不出来啊，连牛蛙火锅也会做，说得挺像那么一回事。"我听后大赞道。那名服务员笑着点了点头就离开了。

"那当然了，你还不知道我是'中国火锅之都'出来的吗？"那个同学话音刚落，立即引起一阵哄笑。

在那次聚餐上，我吃得意犹未尽。那色香味俱全的牛蛙火锅给我留下了深刻的印象。从那时起，真是恨不得天天能吃上一顿牛蛙火锅。

后来，凡是出差来武汉找我玩的朋友，我都会用牛蛙火锅招待他们。一边品尝着火辣鲜美的蛙肉，一边小酌几口美酒畅谈天下事，人生岂不快哉！那种被美味环绕在周围的奇妙美感，真的难以用言语来形容！

我常去的那家火锅店对牛蛙火锅进行了改良，采用了麻、辣、鲜、香四味融合的工艺，并加入了甘草、冰糖等具有清热除湿功效的中药材。这样的创新使得火锅食后辣而不燥、鲜而不腻，即便多吃也不会上火，同时营养丰富且不伤胃。就连那浓香的汤汁也是一种美味，把它拌在饭中，很是下饭。

天气越寒冷，吃火锅的人就越多。火锅中散发出的腾腾热气，不但可以祛除人身上的寒气，还可以驱赶人身上的疲惫。一热当三鲜，这美味与热的结合，食后令人回味无穷！

曹操在《短歌行》中写道："对酒当歌，人生几何？譬如朝露，去日苦多。慨当以慷，忧思难忘。何以解忧？唯有杜康。"

而我何以解忧，我只想说："唯有牛蛙火锅！"

13. 土鸡汤，够土够鲜够美味

"故人具鸡黍，邀我至田家。绿树村边合，青山郭外斜。"这几句诗大家耳熟能详，出自唐代诗人孟浩然的《过故人庄》。每每看到这首诗，就仿佛回到了小时候，琅琅的读书声在耳边回响；每每看到这首诗，就想起了十几年前妈妈做的土鸡汤。

有一种土鸡汤，是儿时的记忆。

我记得小时候，家家户户都会散养一些鸡，以备过节时食用。家里的鸡完全是吃米粒和外面的虫子长大的，用这种鸡做成的鸡汤是金黄金黄的，香气扑鼻，肉嫩骨细，味道鲜美。吃完后，口里还会散发出淡淡的余香。

土鸡汤

清代美食家、文学家袁枚曾说过："鸡功最巨，诸菜赖之。"这话一点不假。俗话说："无鸡不成宴。"逢年过节，操办宴席时，都少不了鸡肉的身影。在我们平时的口语"鸡鸭鱼肉"中，鸡是排第一位的，可见其分量很重。

我外出务工十几年来，吃遍无数鸡肉，但吃不出家的味道。有时实在嘴馋，就去菜市场转一圈，商家宣称卖的是土鸡，但吃起来，完全没有土鸡那种厚实的嚼味。熬出来的鸡汤，不仅味道欠佳，连汤油也很寡淡。

其实，自古以来，中国人对鸡就情有独钟。我国养鸡已有七八千年历史。鸡在古代，预示大吉大利。古人对鸡多有颂扬，并总结出"五德"："首戴冠者，文也；足搏距者，武也；敌在前敢斗者，勇也；见食相呼者，仁也；守夜不失时者，信也。"

在十二生肖中，鸡也占有一席之地，是唯一的禽类，蕴含着诸多人文意义。在唐诗中，我们屡屡见到与鸡相关的诗句，如白居易的"小宅里闾接，疏篱鸡犬通"，李廓的"长恨鸡鸣别时苦，不遣鸡栖近窗户"等。传说，明朝开国皇帝朱元璋曾有一首《金鸡报晓》的打油诗："鸡叫一声撅一撅，鸡叫两声撅两撅。三声唤出扶桑来，扫退残星与晓月。"

既然都养鸡了，那鸡肉在那时应该不算珍贵吧？但在古代并不是人人都能吃得起鸡。在春秋时期，只有老人才能吃鸡肉。《孟子·尽心上》中说："五母鸡，二母彘，无失其时，老者足以无失肉矣。"

可是，现在条件好了，我们却吃不上正宗的土鸡了。

在一个烟雨朦胧的中午，空气中还弥漫着丝丝寒气。我朝着一家环境还不错的餐馆走去，准备去用餐。走进去后，一个人影令我大吃一惊——

宇宙太大，可这世界真是太小了，小到一转身就遇见你。

在那一瞬间，我们吃惊地望着对方，几乎同时喊出了对方的名字。

"敏敏，你怎么在这里？"我惊讶地问。

"嗯，我是出差路过这里。听朋友说，这里有土鸡汤喝，我就过来了。"敏敏微笑道。我们简单寒暄几句后，才知道，敏敏是专门来这家店喝土鸡汤的，汤还未端上桌，就遇见了我。见我过来后，敏敏叫服务员再来一份。

"敏敏，你不会认为在这里就可以喝到土鸡汤吧？"我坐下来，反问道。

"呵呵，是不是正宗土鸡汤，你先看颜色，再尝汤汁，立见分晓。"敏敏很自信。我点了点头。

一会儿，服务员端了两碗土鸡汤过来。只见土鸡汤表面浮着一层厚厚的金黄金黄的油，很浓厚。从汤中溢出来的香气蔓延到整个餐厅，汤中隐藏了几块鸡肉，像大家闺秀一般羞答答的。

"好香。"闻到如此香气，我立马来了精神。

"是啊。"敏敏笑道，"能熬出如此汤色且鲜味十足的好汤，一般要用两年以上的老母鸡。"

　　在敏敏的示意下，我赶紧用汤匙尝了一口。那汤汁的醇香鲜味直入心田。我又夹起一块鸡肉送进口里，口感细腻，入口即化，真是人间美味。这一碗浓浓的土鸡汤，可清除心中不可触碰的乡愁。

　　土鸡汤向来以美味著称，具有补虚和提高人体免疫功能等功效。做法上也较简单：将土鸡宰杀后，去毛、开膛并仔细洗净。接着，将处理好的土鸡放入锅中，加入适量的水、生姜、盐等，用文火慢慢炖。炖一个小时，可以使鸡肉里的蛋白质等物质溶解出来，使汤汁醇香味美。

　　"敏敏，他们店怎么会有正宗的土鸡汤呢？"我有些疑惑。

　　"哈哈，我也是听朋友说的，说这家店的老板为了能熬制出正宗的土鸡汤，不远千里去农户家收买食材。"敏敏边喝边说道。

　　"哦……难怪如此。"我应道。在那家店里，我和敏敏聊了许多，对人生也颇多感慨。岁月可弃，唯美食不可辜负。

　　一碗儿时的鸡汤，牵挂了一辈子，就算再喝二十年都不够！

14. 养生菜，房县三宝拔头筹

　　以前，人们最大的心愿就是能吃饱饭。但若干年后的今天，已发生了翻天覆地的变化。人们吃饭不再只是为了一日三餐的果腹，而是把营养、健康摆在首位。这是因为随着现代生活节奏的加快，各种富贵病层出不穷，越来越多的人已经意识到，吃得贵并不代表吃得好。

　　山珍海味固然可口，但吃多了不利于健康。所以，养生菜在市场上应运而生，很大程度上顺应了时代的变迁和发展。

　　为什么养生菜这么火？因为养生菜被人们公认为是无公害、绿色环保、有助于身体健康的食品。任何违背自然规律的食品，都不能称为养生菜。对于养生菜，我最为推崇的是名扬海内外的"房县三宝"。

　　房县三宝，究竟是哪三宝呢？

　　黄酒、木耳、香菇，这三样就是房县三宝。这三宝，在国内历史悠久、闻名遐迩。如黄酒，唯中国有之，它是世界上三个最古老的酒种之一。

香菇

据传，房县黄酒比绍兴黄酒还要早四百年，至今盛产不衰。在唐中宗李显时期，房县黄酒又称为"皇酒"。虽然中国黄酒以绍兴黄酒为最，天下尽知，但房县黄酒的复式发酵酿造方法堪称世界一绝。

房县位于神农架脚下，地理条件、自然环境非常优越，盛产香菇、黑木耳。这里的香菇，味道清香可口，可配其他食材一起烹饪。1981年，在云南昆明召开的全国食用菌评审会上，房县香菇获得第一名，名扬海内外，被营养学家冠以"菇中之王""素菜之星"等荣誉称号。

房县又因盛产木耳被称为"木耳之乡"。房县产出的木耳"形似燕、状如飞"，又被称为"燕耳"。因其鲜嫩、朵大、肉厚、质优等优点，远销海外，在国际贸易市场上很受欢迎。在吃法上，它既可以做汤，又可以炒菜，在餐桌上广受食客喜爱。

后来，经过发展和改良，房县诞生了房县三宝这道菜。这道菜从一诞生起，就注定了它不平凡的意义。它以房县香菇、木耳为主材烹饪成菜，甘甜可口、味道鲜美，一经上市，就受到食客欢迎。

我是在朋友的推荐下，才吃到这个菜。当时，我对房县三宝还不太了解，也不认为它能有多好吃，但吃过的朋友都大呼过瘾。至今回想起来，满满都是回忆！

旧食光 老情怀 正是江城遍地炊烟时

那天，白天滚烫的热气还未散去，夜晚的星辰就迫不及待地冒了出来。我的一个朋友下班回来，喊我出去喝酒。由于我不太会喝酒，所以赶紧推辞。

一听我推辞，他就急了——

"阿伟，我带你去的这个地方，保证你不会后悔，而且你还会爱喝那店里的酒。"朋友信誓旦旦地说。

当我一再追问时，他又故作神秘起来，死活不肯透露半个字。我压抑了一天的心情也想释放一下，于是就跟他一起去了。

半小时后，朋友带我来到一家店门口。店的规模不是很大，挺一般的。但让我很诧异的是，小小门店里全是人。朋友见我满脸疑惑，只是笑了笑。

我们好不容易找了一个空位坐了下来，也顾不上厅堂内的喧嚣。一上来，朋友就点了几碟小菜，其中一个菜就是房县三宝，还叫了一壶黄酒。

当时，我还纳闷儿，什么是房县三宝？他慢悠悠地跟我解释了起来。在此之前，他偶然来过这家店，吃着店里推荐的招牌菜——房县三宝，品着黄酒，好不惬意。他因吃一次不过瘾，又拉着我一起来吃。

这时，我才明白他的用意。

据介绍，这家店是地道的房县人开的，在武汉市洪山区独此一家，主打房县特色农家菜，口碑蛮好，店内的生意一度火爆。

听他这么一说，我对房县三宝充满了期待。当菜端上来时，鲜嫩的菜肴散发出油亮的色泽，很是诱人。我也毫不客气，夹了一个香菇就送进嘴里："肉厚、圆滑细嫩，有嚼劲，不错。"

我接着品尝了黑木耳。这种被誉为大山深处的"顶级美味"的食材，口感质软味鲜，滑嫩中带有爽脆，且营养丰富。黑木耳还可以药用，具有滋补、润燥、养血益胃、润肺、润肠的作用。

此时，朋友大概已猜到，我彻底被这房县三宝的美味给征服了，一脸乐滋滋的。他拿起酒壶，为我倒满了一杯黄酒。

据传，房县黄酒是采用世界著名的青峰大断裂带神农架天然矿泉水和当地稻米酿制出的醇香佳品。黄酒溢出来的香气，四处飘散，很是迷人。我拿起酒杯，尝了一小口。那醇厚的酒味，在唇齿间荡漾不已。不经意间，让我想到了白居易的一首诗："绿蚁新醅酒，红泥小火炉。晚来天欲雪，能饮一杯无？"

古人喝杯酒都是这么有意境。我感觉，我们也将成为古人了，汗水早已浸润了衣衫，还全然不知。这黄酒酿得真心好，名不虚传。一杯黄酒下肚后，还不过瘾，又让朋友给我满上一杯。

在那次饭局中，江城武汉留给我们太多惊喜和感动。那次吃得我意犹未尽，我与朋友约定，下次还会光顾那家店！

15. 至尊毛血旺，你敢不敢下口

从小到大，鸡鸭鱼肉等我都吃，但唯独不吃动物内脏。就算老妈或朋友说它多么有营养，我还是不会吃。还有猪血、鸭血等，我更不会吃，因为我怕腥。

按中华食补概念中"以形补形"的说法，身体弱、贫血的人宜多吃点猪血、鸭血补一补。我自幼身体不太好，但是遇到这种菜，我都是绕路走，死活都不会吃。各种饭局遇到这种菜，可以说我连筷子都不会去伸一下。

前几年，我跟公司领导一起出去办事。办完事后，我们去了一家特色餐馆吃饭，他直接点了两份鸭血粉丝汤。一听有鸭血，我心里本能地咯噔了一下，但又不好扫了领导的兴。

当我看到鸭血粉丝汤放在面前，几块鸭血浮在汤汁中时，我快崩溃了。

"我的天哪，真的要吃吗？"我内心挣扎着问自己，但始终没有要吃的意思。

"快吃啊，冷了就不好吃了。"领导见我还没动筷，就好心催促道。我点了点头，硬着头皮吃了起来。

当时，不知是饿了，还是鸭血本身就好吃，当我夹起一块鸭血送进嘴里时，鸭血完全没有腥味，反而吃起来特别软，口味平和、鲜香爽滑。我又接连吃了几块，感觉这鸭血粉丝汤的味道总体来说还不错。当天我吃得津津有味，没有了一开始的抵触心理，心情豁然开朗。

那碗鸭血粉丝汤，完全颠覆了我对鸭血的偏见。

旧食光 老情怀 正是江城遍地炊烟时

毛血旺

再后来，我吃到川菜中的毛血旺。毛血旺就是一个大杂烩，浓浓的麻辣红色汤汁包裹着鸭血，完全遮盖了鸭血的腥气，好吃得让你无法自拔。

天底下还有这般美食，我居然傻乎乎地抵触了二十多年。

在那之后，我了解到了毛血旺的由来。二十世纪四十年代，重庆沙坪坝磁器口古镇水码头住有一个卖肉的王姓屠夫。他每天将卖肉剩下的杂碎以低价销售处理，可他媳妇觉得有些可惜。于是，她当街卖起了杂碎汤，供南来北往的商人食用。她在杂碎肉中加入老姜、花椒、料酒，用小火煨制，熬制好后加豌豆，最终成汤。后来经过改良和创新，她又加入了猪肺叶、肥肠等，味道特别好。一个偶然机会，她又在杂碎汤里直接放入鲜生猪血旺，发现血旺越煮越嫩，味道更鲜美。因这道菜是将生血旺现烫现吃，且毛肚杂碎为主料，遂取名"毛血旺"。

如今，毛血旺已成为重庆的特色菜之一，同时也是渝菜江湖菜的鼻祖之一，被列入国家标准化管理委员会备案通过的《渝菜标准体系》《渝菜毛血旺烹饪技术规范》。

对传统毛血旺的改良和创新，使现在的毛血旺名气越来越大。它引领着川菜大军席卷了大江南北。你不用去四川，在江城武汉，照样也可以品尝到至尊版毛血旺的麻辣鲜香。

我的一位好友特别喜欢吃辣，可以说是无辣不欢。我曾经听他豪情满怀地说过："给我一份毛血旺，我可以干掉三碗饭。"当时我还觉得有点可笑，但吃过之后，就觉得这话很正常。毛血旺是很好的下饭菜，特别适合没有胃口的人吃。

好友知道我也钟爱毛血旺后，感觉有些不可思议。我告诉他，人的口味是会变化的，特别是在新事物层出不穷的今天。他点了点头，说一定要带我去尝一下武汉市做得最好的毛血旺。我欣然应允。

那天，江城武汉的天空被一层灰蒙蒙的雾霾所笼罩。阴沉沉的天气，我哪儿也不太想去。那天下午，他却很有兴致，过来跟我讲："今晚一起去吃毛血旺，雾霾这么严重，刚好也可以清清肺。"

鸭血能不能清肺防雾霾，我并不太清楚，只是在民间流传得很神奇。不过，鸭血富含铁、钙，据《本经逢原》记载，具有补血解毒的功效。

听他说一起去吃毛血旺，我瞬间也来了精神。对于毛血旺，我也是嘴馋得很，就算上火嘴角起泡，我也要去吃那碗最够味的毛血旺。

那天晚上，我们相约来到了他认为做得最好的馆子。古色古香的门楼，有种穿越时光的感觉。这是一家川味特色菜馆。进去后，店内的环境十分典雅、舒适。我们找好座位，点好了菜，就在那里期待毛血旺上桌。

没过多久，一大碗毛血旺端了上来。麻辣鲜香的汤底颜色红亮，包裹着各式各样的配菜，应有尽有。毛血旺就像人的博大胸怀，能容得下许多大大小小的东西。那浓浓的麻辣味香气，四处弥漫，直入心田。

我们对视了一下，看着刚起锅的麻、辣、鲜、香四味俱全的毛血旺，口水差点儿流了出来。我们来不及客气，就立马大口吃了起来，火辣辣的味道瞬间催促着全身血液快速流动了起来。比豆腐还嫩的鸭血，吃起来就一个字——"爽"。

毛血旺真是太好吃了，简直好吃到让人怀疑人生。

民以食为天，在有限的岁月里，我们就应该享受生活的乐趣，享受美食带给我们的喜悦。

这世界，唯美食不可辜负！

16. 金牛千张，薄出的千般美味

一提起千张，或许很多人知道，也吃过。或许，有人会说，不就是千张皮吗？味道也一般。但是，金牛的千张，你吃过吗？

金牛千张，是大冶金牛镇著名的特产，当地人俗称"皮子"，是鄂南地区传统的风味名吃。金牛千张，最大的特点就是薄，它纹理细腻、薄如蝉翼，口感极佳，在当地享有盛名。

去过金牛的人都知道，金牛是大冶西南的一个镇，素有"金金牛、小汉口"的美誉。它五县通衢，自古以来就是商贸重镇，所以市井繁荣、商贾云集。出自金牛的千张，历史悠久，可以追溯到汉代。

相传，在汉代淮南王刘安制作豆腐后不久，金牛就开始制作千张皮了。到了宋代，金牛的商业日渐兴盛，城乡豆腐店也逐渐增多，除了千张皮制作，还翻新出豆浆、豆花和豆果等各式花样。

最兴盛的时候，金牛家家户户基本上都会做千张，其独特的美味打动了南来北往的万千食客。经过这些食客的口口相传，金牛千张的美誉传遍了荆楚大地，吸引无数食客慕名前往金牛尝鲜。

金牛千张是豆制品，含有铁、钙、钼等人体所需的十八种元素，营养价值非常高，是男女老幼皆宜的高蛋白保健食品。在当地，逢年过节、办酒席，都会雷打不动地上千张。通常席上第一道菜就是千张皮，俗称"皮子席"。

千张作为一种食材，能够搭配出多种美味菜肴。首先，家常菜肴中，千张肉丝、青椒炒千张、芹菜肉丝炒千张等，吃后会让你口齿生香，胃口大开。其次，在吃火锅时，将千张下到热气腾腾的汤中，其韧性好，不易煮烂，反而能吸收汤汁的精华，煮片刻后即香甜可口。最后，还有一种广受欢迎的千张菜肴——千张坨烧肉。

金牛千张

我儿时的记忆也是从千张坨烧肉开始的。妈妈做的千张坨烧肉，真是太好吃了！鲜嫩爽口的千张，就算再吃二十年也不够。至今想来，还是满满的回忆！

以前，凡是妈妈问我吃什么菜，我就说千张坨烧肉。我妈也不含糊，会去菜场买来新鲜的金牛千张和半肥半瘦的五花肉来做。把千张切成长条，再打一个结，与五花肉一起加少许陈醋、酱油、白糖等调料，文火红烧，五十分钟后即成菜。

做好的千张坨烧肉，色泽艳丽、软绵有劲，红烧肉酥烂不腻，刚起锅时热气腾腾，就像一位身披轻纱的仙女款款而来。如果你是一个爱好红烧肉的食客，那这两个食材的搭配可是"绝配"，会让你感叹天下还有这等美食。

妈妈做的千张坨烧肉，每次还没等起锅，我就拿起筷子夹着吃了起来。因为千张与红烧肉相互渗透而散发的淡淡香气，让嘴馋的我心动不已。这时，妈妈总会嗔怪道："不懂礼貌，像是头饿狼。"

离开家后，就很少吃到金牛千张了。有人说，乡愁其实就是味觉上的一种思念。这一点不假，多少年过去了，我对那嚼起来浓浓的豆香味，一直念念不忘。

2012年，金牛千张被评为黄石市市级非物质文化遗产。传统特色美食的影响力进一步扩大，走进了各大餐馆、酒店，成为它们的镇店名菜。在餐桌上，金牛千张以薄而坚韧、鲜香嫩滑的口感征服了广大食客，受到了广泛赞誉。

在江城武汉，你一样可以品尝到正宗的原汁原味的金牛千张。

只要一想念妈妈做的千张坨烧肉，我就会去洪山区那家饭馆，一解相思之苦。那家饭馆规模不大，但大厅内挺干净的。并排的方桌，排列得井井有条。那家饭馆的老板人好且热情，是大冶人，经营的是当地的特色家常菜。

一到吃饭时间，那家饭馆就人满为患，来吃饭的外地人占多数。进去后，听到那一口浓厚的家乡话，吃着熟悉的饭菜，让人有一种回家的感觉。在异乡，能遇到熟悉的人和物，让人备感亲切。

后来，我与店老板混得很熟悉。只要我一光顾他的饭馆，他就会端上香气扑鼻的千张坨烧肉。我吃上这个菜，心里就踏实了。

随着岁月的流逝，我到了中年，妈妈也老了许多。有时回到家，真不愿看见妈妈衰老的背影，这是一种岁月的痛。这种痛不会消失，只会随着岁月的流逝而增加。

我能做的，就是让妈妈休息一下，我来为她做碗千张坨烧肉。

17. 荆州鱼糕，食鱼不见鱼

有人说："人的成长就是一部美食纪录片。"

其实，从出生我们就生活在这部纪录片里，难以抽离。我们心甘情愿在其中陷得很深很深。

从记事起，我们就一直吃着妈妈做的菜肴长大。那种菜肴的味道，无论岁月如何冲刷也是淡不了的，反而会随着岁月的增加越来越浓。

一路走来，那种味道记述着我们酸甜苦辣的人生。有时，我们明明饿了，却找不到要吃饭的理由；有时，我们明明吃着同一种菜，但吃不出家的味道。

我们长大了，美食已不再只是我们一日三餐果腹的需要，更是一种精神的寄托。

我和杨杨认识多年，一起玩过，一起闹过，一起疯过，还一起哭过。最近，凌晨一点，她给我发了一条消息，说她失眠了。

当时，我还在赶稿子，没有睡。收到消息后，我立马给她回了过去，问她怎么了。她说，她做了一个梦，梦里她妈妈正在厨房里给她做最爱吃的鱼糕。然后，她说她想妈妈了，想吃鱼糕了。

听到"鱼糕"两字，我

鱼糕

沉默了。

鱼糕是湖北荆州的一道名菜，又名荆州花糕。此菜源于战国。相传战国时期，纪南城（楚国的都城，时称"郢都"）内有一家专门烹制鲜鱼的餐馆。一年盛夏，老板一次性购买了许多鲜鱼，一时没有卖完，剩下很多。老板担心鱼肉腐烂，急中生智，做成了鱼糕。食客品尝后，觉得鲜嫩可口，回味无穷，连连称赞。

鱼糕又叫"湘妃糕"，另一个版本说是舜帝妃女英所创。传说舜帝携女英、娥皇二妃南巡，经过荆州时，娥皇因舟车劳顿，途中染了疾病。娥皇知道荆州是鱼米之乡，当地百姓靠打鱼为生，所以她想品尝一下当地的鲜鱼，但又厌弃鱼刺。女英知道后，不仅从渔民手里买来鲜鱼，还请教了做法。女英根据渔民的指导，再融入自己的厨艺，将鱼、肉、莲子粉等混在一起，蒸成鱼糕。娥皇吃后，病情迅速好转。舜帝闻之，对鱼糕大加赞赏。

自此，鱼糕在荆楚一带广为流传。

据说乾隆帝也尝过荆州的鱼糕，品尝后当场脱口而咏："食鱼不见鱼，可人百合糕。"

流传下来的荆州鱼糕经久不衰，并在当地形成了"无糕不成席"的习俗。当地在红白喜事上，都把鱼糕作为宴席的主菜。作为荆州"八大名肴"之一的鱼糕，2009年成功入选湖北省非物质文化遗产名录。

鱼糕作为一道精制的名菜，在做法上很讲究：

首先，将鱼剖开，去骨去刺去皮，洗净后将鱼肉剁成均匀细腻的鱼蓉。再将蛋黄和蛋清分开，将蛋清倒入鱼蓉中搅拌。然后将葱白末、高山马铃薯粉、猪肥肉、盐等倒入鱼蓉中一起搅拌。取一蒸笼，将混合好的鱼蓉放入蒸笼内，铺平并压实，开大火进行蒸制。三十分钟后打开蒸笼，在鱼糕表面均匀地刷上一层蛋黄液，再次盖上蒸笼盖，继续蒸制三分钟即可。

如此匠心传承的鱼糕，谁看了都会口馋不已。

第二天中午，我就陪着杨杨找寻了江城武汉二十多家店，只为寻到她妈妈的味道。对她来说，再好的山珍海味都不如家常味。

功夫不负有心人，我们在江城武汉寻到了一家鱼糕做得非常好的餐馆。餐馆规模一般，但室内环境还不错。经我们询问得知，这店才开不久。老板听说我们特意为了鱼糕而来，很热心地亲自为我们准备了鱼糕。

没过多久，一份热气腾腾的鱼糕就端上来了，彻底惊艳了我。鱼糕嫩而鲜，白中一点黄，让人垂涎不止。洁白柔嫩的鱼糕，却见不到一点鱼的影子。可以说，在鱼糕面前，天下美味也不过如此。

杨杨率先夹了一块小口地吃了起来，眼睛眯成了一条线。这鱼糕的美味，大概就是杨杨所要找寻的吧。我也夹起一块，味道真好，"鱼含肉味，肉有鱼香，清香滑嫩，入口即融。"真是人间绝味。接着我又连吃了几块，真是太好吃了。

"你以前没有吃过吧？"杨杨笑着问道。

"是的，真的蛮好吃，难怪让你嘴馋成这样。"我也大笑道。

杨杨听后，也没反驳，低下头又夹起一块，甜甜地吃了起来。

随着荆州鱼糕的影响力越来越大，鱼糕已逐渐走向了全国各地的餐桌，受到广大食客的追捧。也许，跟杨杨一样想找寻自己儿时和家的味道的人不在少数。在你所身处的城市，不妨也找找，也许，能品尝到家乡的风味。

食物就是一种乡愁，它伴随我们走过漫长的生活之路，并留下了许许多多美好的回忆。也许，这一生我们会吃到很多可口的美味，但有一种美味，无论你身处何方，多么遥远，它都是我们永远铭记于心的味道，那就是"家"的味道！

18. 油焖大虾，"Q弹"的感觉就像初恋般美好

武汉是国家历史文化名城、楚文化的重要发祥地，有着江城、九省通衢、黄鹤故乡的美名。作为武汉的一员，在大都市快节奏的背景下，我每天体验着武汉不一样的变化。作为国家中部重镇的武汉，汇聚了全国各地的美食。武汉的各种美食，会让你高兴而来，满载而归。

不过，在你来到武汉后，你一定不要忘了，去啃一口鸭脖（精武鸭脖），喝两口汤（鸡汤和藕汤），尝一口面（热干面）。在夜幕降临时，去"搓"一盘最红火的小龙虾。品尝过后，你会重新认识江城武汉所带给你的惊喜，久久不能忘怀。

有人说："世界龙虾看中国，中国龙虾看潜江。"一到吃虾季节，那红彤彤、火辣辣的小龙虾，是我们谁也无法抵挡的诱惑。

其实，潜江的龙虾要靠武汉这样大的市场来消费。武汉的虾基本上来源于洪湖、监利、潜江。一到夜色降临，路边的大排档坐满食客，将武汉街巷变成一道亮丽的风景线。

一城、一摊、一虾，演绎了江城武汉的独特魅力。

武汉小龙虾的口味有很多，但常吃的大致有三种：清蒸、油焖和蒜蓉。这三种吃法都是武汉市民的最爱，但人气最旺的还数潜江油焖大虾。近些年吃虾异常火爆，潜江油焖大虾已逐渐走向了全国，各地的油焖大虾店如雨后春笋般涌出。

武汉人爱吃虾也是全国出名的。一到夜晚，三三两两的人们，甚至全家出动去大排档，围成一桌，一边吹着风，一边吃着虾，一边喝着啤酒，谈笑风生，人生好不惬意。

武汉人不光会吃，还会做，在做法上堪称一绝，不是其他地方能模仿出来的。其一，武汉的虾在食材选择上更胜一筹，都是挑选个头肥的，现宰现做，保证新鲜。其二，在制作过程中，首先需要把小龙虾清洗干净，然后去掉头部，进行开背处理，并抽出虾线，以便小龙虾能够充分吸收麻辣汤汁，更加入味。这样做出来的龙虾，麻辣相互渗透，味道更加醇厚。

油焖大虾

旧食光 老情怀
正是江城遍地炊烟时

作为一名地道的吃货，我从小就被小龙虾的美味所折服。

记得小时候，一到暑假，我就会和小伙伴们一起去池塘边钓龙虾。那时候只要线一动，轻轻一提竿，一只活虾就被钓了起来。每钓一只上来，都会让人兴奋好半天。童年的时光，既简单又快乐。傍晚时分，把钓到的龙虾带回家，妈妈就会"油焖"成一盘红亮的麻辣小龙虾。可以说，那是我小时候最好的美味了。

上大学后，一到盛夏，学校周边的龙虾店几乎夜夜爆满。满街的空气似乎都弥漫着龙虾的香味，闻后让人欲罢不能。不知道是龙虾影响了这座城市，还是城市浸染了龙虾的味道。两者相融，成了这座城市的饮食文化特色。

我的一个大学好友，她跟我一样对小龙虾情有独钟。她曾说过，她与小龙虾有缘，要为了小龙虾留在武汉。这是一个多么冠冕堂皇的借口。然而，最终她没有留下来，而是选择了爱情，选择了属于她的远方。

多少年过去了，我与她一直保持着联系，但聊天儿的话题十句中有九句是聊小龙虾的。那种感觉就像饮一杯岁月的酒，醇香无比。她很早就跟我约定，今年无论如何也要回来品尝一下小龙虾。

到了今年小龙虾上市的时候，她真的回来了。她约我去了她以前常去吃的一家大排档，她一直认为这家的小龙虾是武汉市做得最好的一家。不管是虾的食材还是味道，都是她记忆中的样子。

对她来讲，也许她心心念念的不是虾，而是一种难忘的记忆。

小龙虾端上桌时，色泽鲜红亮丽，味香飘逸，虾肉饱满，弹力十足，直叫人垂涎欲滴。她主动开了两瓶啤酒，她和我一人一瓶，很是痛快。我们戴上一次性手套，拿起一只龙虾，去掉虾头打开前盖，满满的虾黄，一口吸吮进嘴里，浓浓的虾鲜味让人欲罢不能。

她吃得一脸满足，很享受。吃了虾黄，再接着剥开虾尾，嫩滑的虾肉完全入味，火辣辣的麻辣鲜香在唇齿间游荡，这种美味无法用语言来表达。那滑嫩的鲜肉，一口下去那"Q弹"的感觉就像初恋般美好。

她边吃边感慨："还是武汉的小龙虾好吃，最入味。"

"是的。"我应完，举起一杯啤酒一口干了下去，顿觉人生很是美妙。

武汉小龙虾不仅美味可口，而且承载了许多美好的记忆。炎炎夏日，我们唯有美味小龙虾不可辜负！

19. 老谦记牛肉豆丝，流传百年的武汉味

豆丝最早源于民间，是农家的一种地道土特产。在"鱼米之乡"湖北，几乎家家户户都做这款吃食。但是，能把它经营成名满天下的名食、武汉"三镇一绝"的，就只有老谦记枯炒牛肉豆丝。

"老谦记"原名"谦记"牛肉馆，是冯谦伯、冯有权夫妇于1918年创立的，迄今为止走过了一百多年的历程。它承载了上一代武汉人的记忆。店名用了一个"谦"字做招牌，这大概跟中国人的命名习俗一样，都和自己的名字有关吧。

据了解，冯谦伯原籍湖南长沙，早年投身革命。作为湖北新军，辛亥革命爆发时，全程参与了武昌起义。也是在部队时，冯谦伯学会了烹饪牛肉的绝活儿。冯谦伯退伍后，就凭这手艺在长沙开设牛肉馆。但不久后为了躲避战祸，冯谦伯夫妇举家迁居武昌青龙巷开店。从此，开启了谦记牛肉馆百多年的传奇。

开店之初，谦记牛肉馆仅供有烧牛腩、牛肉炒豆丝、牛肉煨汤、原汤豆丝、清汤豆丝等五种。虽说花样少，但由于冯谦伯经营有方，精于烹调，样样口味独特，在街坊邻里逐渐树起了好口碑，生意很好。

据武汉革命博物馆原馆长周斌介绍，二十世纪二十年代初，毛泽东在武汉期间经常去青龙巷一家名叫"谦记"的小店品尝牛肉豆丝，那独特的风味给毛泽东留下了难忘的印象。以至于三十三年过去了，毛泽东还对那家店的牛肉豆丝念念不忘，向李先念打听这家小店。

在动荡的抗日战争时期，因躲避战祸，小店转至江陵经营，不几年冯谦伯病故。抗战胜利后，冯谦伯的夫人冯有权回到武昌，重新开店经营，改名号为"老谦记"，以示与谦记的渊源，还是老店老味。武汉解放前夕因时局动荡，关门停业。1958年，在李先念等老一辈领导人的关心支持下，老谦记又恢复了营业。

旧食光 老情怀 正是江城遍地炊烟时

我邻居家的大伯，给我讲了一个故事。他小时候特别喜欢吃老谦记的牛肉豆丝，一嘴馋的时候就找爸爸说想吃老谦记牛肉豆丝，但当时家里比较穷，条件较差。他找爸爸说多了，他爸爸就烦，就用棍棒"伺候"。说到这里，大伯不好意思地笑了笑。

如今，大半个世纪过去了，大伯还好那口牛肉豆丝。他还讲到，当时他妈妈知道他爱吃老谦记牛肉豆丝，曾尝试过自己做，虽然味道相差甚远，但他也吃得津津有味。大伯进一步解释说："豆丝主要以绿豆、大米等为原料，磨碎成浆并摊烧成皮，再切成丝状。炒时按顾客的要求，选择枯炒或软炒，因为这两种口味各有千秋。我喜欢的是枯炒。"

听完了大伯的讲解，我的心绪早已飞了起来。

老谦记牛肉豆丝

这么多年过去了，享有盛名的老谦记牛肉豆丝，至今还在上一代武汉人的心中留有难以磨灭的记忆。大伯的话语像带有磁性一样，让我心动了好一会儿，萌发了去尝尝鲜的念头。

那天，我一个人去了被誉为"汉味小吃第一巷"的户部巷。不去不知道，去了就有一种到了美食天堂的感觉。这个位于司门口的户部巷，东靠十里长街，西临浩瀚长江，南枕"天下江山第一楼"的黄鹤楼，其优越的地理位置造就了繁华的小吃摊群数十年经久不衰。

人很多，也很挤，我慢慢地穿越人群，目光不停地搜寻着老谦记。我看到那个不太起眼的招牌时，内心一阵惊喜。门前的招牌上最引人注目的还是那个"一九一八"。进去后，看到菜单上有各种"豆丝"，但我还是毫不犹豫地点了枯炒牛肉豆丝。找了一个空位后，就满心欢喜地等待。

因为人多，上菜可能需要一点时间，我就主动跟坐在我旁边的一个中年男子聊了起来。他说他不是湖北人，是来武汉旅游的，顺便来尝尝这里的精品小吃。老谦记牛肉豆丝他早有耳闻，今天他也是第一次吃，感觉味道特别好。

从与他的聊天儿中我才了解到，后来冯有权将老谦记的独门绝技传授给了姓黄的艺徒。这个艺徒也是不简单，居然能够把它发扬光大起来。当牛肉豆丝端上来时，我还是被狠狠地惊艳了。色泽黄亮，味道鲜美，闻起来香气四溢。

我拿起筷子夹起豆丝就吃了起来，豆丝绵软滋润，香嫩可口，有嚼劲，真是太好吃了。我又夹起一块牛肉送进嘴里，牛肉酥滑鲜嫩，与豆丝结合起来，真是别有一番风味。难怪这菜品能够脍炙人口，享誉几十年，至今还被老一辈人津津乐道。

一道菜，一个群体的记忆。

如今，老谦记牛肉豆丝的品种已形成"枯炒""软炒""糊汤"等几大系列，受到国内外食客的欢迎。经历了百余年风雨的老谦记，其招牌菜肴依旧是武汉市民的心头好，仍焕发着老字号的风采！

20. 大冶苕粉肉，味道胜似红烧肉

苕粉肉是湖北大冶民间的一道招牌菜，在当地很受欢迎。可以说，家家户户都会做这道菜。

苕粉肉在大冶有着悠久的制作历史。大冶不仅矿产资源丰富，还是盛产红苕的地方。苕粉肉的食材主要是由红苕加工而来的，在加工工艺上比较复杂。在过去科技尚未发达的时候，人们主要依靠最传统的手工方式，将红苕置于瓦罐上进行研磨，随后经过滤去渣、沉淀淀粉、自然晾晒等步骤，最终制成苕粉。

我们知道，红苕具有补中和血、益气生津、宽肠通便等药用价值。据《本草纲目拾遗》记载：（红苕）补中，活血，暖胃，肥五脏；白皮白肉者，益肺气生津；煮时加生姜一片，调中与姜枣同功；（同）红花煮食，可理脾血，使

不外泄。

在以前，红苕是山区农民世世代代赖以生存的主粮，特别是在干旱之年或极端情况下，没有别的东西可吃时，红苕往往成了农民的救命粮。在大冶，当地人民对红苕有着特殊感情，还流行一句俗语："早晨三碗苕，中午苕三碗，晚上苕过夜。"由此，人们利用红苕做出的食品也是花样百出。

我记得很清楚，我小时候，外婆做得最拿手的一道菜就是苕粉肉了。外婆做的苕粉肉吃起来绵软香甜，油而不腻，肉香四溢，真是太好吃了。凡是外婆问我吃什么，我就毫不犹豫地回答苕粉肉。

我曾经问过外婆，她做的苕粉肉为什么这么好吃。外婆说有几点需要注意的："第一，制作的苕粉要纯净。第二，在炒制苕粉肉时，要控制水量，水多了或少了都不行。第三，煎烤过程中，火候控制非常重要。火大了可能会烤煳；火小了，中间部分可能未熟透。这样都会影响口感。第四，煎烤苕粉肉时需放较多油。"我当时听了，似懂非懂，感觉能做好这道菜还是有些难度的。

近些年来，随着生活水平的提高，人们开始追求健康绿色的食品。红苕被誉为"天然绿色食品"和"绝佳营养保健品"，受到人们青睐。苕粉肉是由红苕制作出的美味菜肴，在餐桌上自然受到人们的追捧。除了大冶的餐桌上有这道菜，江城武汉的餐桌上也是随处可见。

这么多年，我再也没有吃到外婆做的苕粉肉了。那曾经的味道已深深地烙印在了我脑海里，很是让我怀念。

苕粉肉

有一次，我乘坐火车出差时，在途中看见有农民正在地里插苕藤。那背影一下子让我想到了外婆，还有外婆做的苕粉肉，瞬间让我双眼模糊。同时，也让我想起一首诗：

原野土坡地几垄，披蓑带笠谷雨种。

绿叶玉茎阳光照，藤蔓根壮雨露浓。

风暴雷电烈日烘，埋头挣扎泥下红。

苦难贫穷救命时，香沙充饥立大功。

这首诗，是当时人们生活的真实写照。回到武汉后，我跟一个同事聊到了苕粉肉的事。一说到苕粉肉，他嘴角上扬，滔滔不绝。他讲到他小时候在农村时特别喜欢吃红苕，不管是蒸的、煮的还是烤的，他都喜欢吃，村里的老人都叫他"苕傻子"。除了红苕，他最爱吃的就是苕粉肉了，那肉的滑嫩、"Q弹"、饱满等，让他回味无穷。

他知道我也想吃苕粉肉后，顿时来了兴趣，说下次约我一起去吃个痛快。我当时口头答应，但并没有把这件事放在心上。

几天后，我那同事找到我，二话不说，直接拉着我就往外走。问他什么事，他也不说，让我干着急。还没走到酒店门口，就闻到了香气四溢的苕粉肉的味道。我与他会心一笑，一切想说的话全在那盘苕粉肉上。

酒店不是很大，但给人的感觉很清爽。当我们进入酒店时，桌子上冒着热气的苕粉肉早已静静地放在那里了。那菜色黑亮，散发着油光，肉香四溢。与苕粉搭配炒的还有五花肉，它们相互渗透，色香味俱佳。

看着眼前的苕粉肉，我的口水差点儿流了出来。嘴馋的我还没坐好，就拿筷子夹了一块送进嘴里。一口咬下去后，那弹、鲜、糯等细腻的口感别有一番风味，真是太好吃了。这样的美味，让我不禁又想起外婆来。

"这苕粉肉好吃吧？"我同事兴奋地问。我边吃边点了点头。他告诉我说，这家店的老板跟他是同乡，苕粉是他专程从老家带来的特色菜，是他老母亲亲手做的。我听后，对店老板的母亲很是敬佩。

在江城武汉，能吃上家乡的食物，倍感亲切。食物是一种乡愁，不管时间怎么变化，人怎样老去，那种乡味都会永远记在心间，永远不会褪色。

第三章
家常菜：烟火气，恋恋红尘终不悔

月是故乡明，菜是家乡美。家常菜，吃的是家的味道。人的一生，最难忘的也是家乡的味道。世界再美，也美不过家和家乡的味道。

21. 女孩子的美貌少不了一碗粥

中国的粥文化有着悠久的历史。

粥，是中国的一种传统食物，千百年来，一直受国人喜爱。老少皆宜，一年四季均可食用。它不仅可调节胃口、增进食欲，而且可补充人体所需的水分。

粥的最早记载可见于《周书》，书中提到黄帝始烹谷为粥。早在四千年前，粥就成了人们的食物；随着时间的推移，人们也逐渐发现了粥的药用价值。汉代医圣张仲景《伤寒论》记载了桂枝汤的服用方法："服已须臾，歠热稀粥一升余，以助药力。"

粥妙不可言，还在于它是极佳的养生保健品。

南宋著名诗人陆游在七十四岁时曾作诗《食粥》一首："世人个个学长年，不悟长年在目前。我得宛丘平易法，只将食粥致神仙。"陆游认为食粥可以补脾和胃、清肺强身，有疗疾之功，可以延年益寿。

清代著名学者、诗人朱彝尊在《食宪鸿秘》中写道："新米煮粥，不厚不薄，乘热少食，不问早晚，饥则食，此养身佳境也。"

如今，随着人们对粥的认识提高，在民间大量涌现出各种养生粥，如养肝粥、减肥粥、养颜粥等。采用不同食材熬制出来的粥，营养价值也不一样，也就具有了不同的功效。

我有一个女同学，她的皮肤超好，白皙、滑嫩、透红，天生丽质，这让她的一些好朋友好生羡慕，时不时就会有人问她有没有什么护肤秘诀。她的回答让人大跌眼镜，她漫不经心地说："我的秘诀就是，每天早餐吃一碗粥外加两颗红枣。"

后来我们得知，她妈妈是一位内科医生，从小她的早餐就是妈妈雷打不动地给她准备一碗粥，粥里还放有两颗红枣，有时也会添加其他食材。但粥和枣是她早餐必吃的食物，一直保持了几十年。

粥

我们知道，红枣是补气养血的佳品，具有补脾和胃、益气生津、补血之功效。同时，红枣中含有丰富的维生素和环磷酸腺苷，能够促进肌肤细胞的代谢，防止黑色素沉着，可以让肌肤越来越洁白细滑，达到美白肌肤、祛斑的美容护肤功效。

看过《红楼梦》的人可能还会记得，宝钗曾经介绍过她的养生秘诀："每日早起，拿上等燕窝一两，冰糖五钱，用银铫子熬出粥来，若吃惯了，比药还强，最是滋阴补气的。"从这里也可以看出，食粥养颜是很有些道理的。

粥不仅可以养颜，还可以俘获爱情。听起来，可能感觉不可思议，但生活中确确实实发生了这样的例子。

我有一个邻居叫小雅,她身材窈窕、美丽大方,有一份令人羡慕的工作,家世也好,所以身边追求者无数。但她最终却选择了一个相貌平平的男人。我当时疑惑不解,就私底下问了她原因。

原来小雅从小喜欢喝粥。在她住处附近有一家早餐店,店里专卖各类早点,当然还有各种粥。小雅每天早晨会吃碗粥再去上班。这一点正好被做厨子的小伙子细心发现,他早就对小雅一见倾心,但又不敢明追,所以抓住这难得的机会,天天早晨花心思为她专门准备各种口味的粥。

刚开始,小雅也没注意,但时间一长,她就发现了这个细心体贴的男人,每天专门为她准备各种口味的营养粥。她被他的细心、诚心所感动。所以,他们顺理成章地走到了一起。虽是小小的几碗粥,却帮助那个男人俘获了小雅的芳心。

我知道这件事后,慕名去了那家早餐店喝粥。一看那男人就是一个憨厚、老实本分的人。我进去后,他对我很是热情。我点了一份红枣粥,刚尝第一口,就被那鲜美、软糯的冰糖甜味所折服。这碗粥让人有种相见恨晚的感觉。

如此朴实无华的食材,经这男人巧妙搭配,粥的色、香、味和功效被发挥到了极致。我觉得他做的不仅仅是一碗粥,更是一份心意。俗话说,心诚则灵。这份心不仅打动了小雅,更难得的是也让小雅变得越来越漂亮。

有人说:"在一杯茶的温情里,体味生活的诗意;在一碗粥的清淡中,感受生活的浪漫。"粥的魔力是巨大的,在喝过他的粥后,一切饭菜变得寡淡无味。只要一有时间,我就会去品尝那一碗粥。

时间煮雨我煮粥,因为一碗粥,成全了你的胃,也成全了你的美貌。

22. 超有爱的鱼香茄子

人生就像一盘菜,或辛,或辣,或淡,或苦涩,但无论哪种,我们的生活总缺不了一种味。这种味,需要我们一路慢慢品尝,才能回味无穷;这种味,无论我们经历了什么,它都会一直陪伴在我们身边,陪伴我们一起成长。

人生在世，吃既是一种享受，也是一种态度。有时候吃上一种美味，就会有初恋般的感觉，让你爱得如痴如醉，爱得刻骨铭心。我就遇上了这种美味，那就是超有爱的鱼香茄子。

提起鱼香茄子，许多人并不陌生，它是受我们欢迎的经典菜之一。鱼香茄子，又称余香茄子，是四川省传统特色名菜之一，属于川菜系中比较具有代表性的鱼香味型的名菜。鱼香茄子是一道主要由茄子、鱼香汁调料烹饪而成的菜肴，口感丰富、余味缭绕，吃后回味无穷，因此深受广大群众喜欢。

相传，鱼香茄子出自四川的一户生意人家，当时家中女主人无意将烧鱼所用的葱、姜、蒜、酒、醋、酱油等去腥增香的调料，全部放在这道菜中炒，一开始还以为会不好吃。但回家的先生吃后直呼太好吃了，连连称赞味美。

后来，经四川人若干年的改进，这道菜变得风味独特，特别下饭，深受各地人们喜爱，进而风靡全国。现在，街边任何一家小餐馆或路边摊都会做这道菜。

我们知道，茄子是大众餐桌上的家常菜，以前在农村，家家户户都会在菜地里种些茄子。茄子一般或红烧，或清蒸，或爆炒，或煎炸等成菜，但我偶然一次吃到鱼香茄子后，就深深被这道美味所吸引。

那是八月底的一天，我一个人在一家餐馆用餐，看到菜单上有鱼香茄子。那是我生平第一次见到这个菜名，看价格合理，就点了这道菜，当时还以为是鱼和茄子一起做成的菜。

鱼香茄子

第三章 ◆ 家常菜：烟火气，恋恋红尘终不悔当菜端上来的那一刻，我内心一阵惊讶——菜里竟然没有鱼！然而，我又不便直接询问店老板为何菜名中有"鱼"而实际却无鱼。那一刻，我有一种被欺骗的感觉。但不管怎样，菜还要照吃。于是，我夹起一块茄子就大口吃了起来。

不吃不知道，一口下去，鱼香茄子那种柔软润香、酸中带辣的美味直进心田，我内心一阵澎湃，真是太好吃了。

从那以后，我彻底改变了对茄子的看法。同时，我也想到宋代诗人郑清之曾写过一首有趣的咏茄的诗：

青紫皮肤类宰官，光圆头脑作僧看。

如何缁俗偏同嗜，入口元（原）来总一般。

在诗句中，郑清之把茄子圆乎乎的样子比作和尚的头，但最后说茄子的滋味一般。我看未必，如果郑清之能穿越到今天品尝鱼香茄子的话，就不会写这一句了。

其实，茄子本身的营养很丰富，含有蛋白质、脂肪、维生素以及钙、磷、铁等多种营养成分。在我吃完了鱼香茄子后，内心的疑问也越来越浓，就去问了一下店老板我心中的疑惑。店老板听后哈哈大笑，并跟我详细解释了起来。

他说："鱼香茄子是通过鱼香汁调味而成，属鱼香味型菜肴。鱼香菜品，虽'鱼'字当头，但不见鱼影，却香在其中，是一道无鱼胜有鱼的绝美菜肴。"

我听后点了点头，确实如此，便又问道："这菜是怎么烧制而成的呢？"

他接着说："首先，将茄子切片，放少许盐，腌制十分钟。然后，将茄子放锅中过油炸至表面微黄后捞出。接着，在锅底放入葱、蒜、姜末炒香，再放入切碎的泡鱼辣椒，热炒后放入之前炸好的茄子。翻炒过后调入鱼香汁，炒至茄子入味，放入青、红椒丁再翻炒一会儿，出锅即成菜。这样做成的菜，香气诱人，入口不辣且回味无穷。"

"哦！是的。"我兴奋地应道。我告诉店老板，下次还会光顾，来吃鱼香茄子。

那次偶然的机会，让我品尝到了至尊美味的鱼香茄子。后来每次一到吃饭的时候，就想起鱼香茄子的味道。

关于鱼香茄子，曾经还有一段不为人知的故事。

有一户人家，家里条件不够好，生活很拮据。小孩一直比较喜欢吃鱼，每次小孩说想吃鱼时，妈妈总会告诉他，下次买。但这个"下次"，总是遥遥无期。妈妈看到孩子那副渴望吃鱼的模样，很是心疼，转身在一个角落泪流不止。

有一天，妈妈把一盘菜端到孩子面前，让他尝尝。孩子知道是茄子，但还是夹起一块吃了起来。吃了第一口，孩子问："妈妈，这菜里放了鱼吗？"

妈妈只是笑笑，没有说话。

孩子再细细咀嚼，发现似乎没有鱼，却有着鱼香滋味。孩子越吃越兴奋，一边吃一边说"太好吃了"。

妈妈看到孩子高兴的样子，内心很是满足。

鱼香茄子味美，入口松软、唇齿留香，是超级好的下饭菜，所以一直以来广受人们欢迎。

夏天，是茄子上市的季节，你需要一盘鱼香茄子陪你过完整个夏天。

23. 醉意浅浅、暖意浓浓的米酒小汤圆

自古以来，中国酒文化源远流长。

"花间一壶酒，独酌无相亲。举杯邀明月，对影成三人……"这是诗仙李白写的脍炙人口的千古名句。可以说李白不仅是诗仙，更是一位酒仙，有人统计，在他的诗中，有四分之一与酒有关。

中国人好酒是出了名的，不管在什么宴席上都可以看到酒的身影。在酒桌上，我们常常听到别人讲"酒逢知己千杯少""感情深，一口闷"等。

其实，北方人爱喝白酒，南方人爱喝米酒。

旧食光 老情怀
正是江城遍地炊烟时

米酒小汤圆

清代"扬州八怪"之一的郑板桥曾写过一首关于米酒的诗:"家酿亦已熟,呼僮倾盎盆。小妇便为客,红袖对金樽。"在南方,米酒代表了江南的浪漫温婉而又风情万种。

在我小时候,每家每户都有自己家酿米酒的习俗。米酒主要以糯米为原料,经过发酵而制成。这样做成的米酒橙黄透明,香浓细腻,甘美柔绵。因为是家酿发酵的酒,酒精度数非常低,所以妇孺皆宜。而且因为含有多种氨基酸,它还具有温寒补虚、提神解乏、保健润肤等功效。

其实,米酒的饮用有着悠久的历史,但米酒没有汤圆点缀其中,总感觉缺少了什么,也似乎不够圆满。如果米酒有了汤圆的融合,就算圆满了。汤圆象征着团圆和幸福美满。千百年来,汤圆成了所有家庭团圆必备的美食。逢年过节,一家人在一起吃汤圆是最幸福的时刻。

汤圆的种类很多,搭配的馅料不同,口味也就不一样。其中,以黑芝麻馅的汤圆最为常见,还有一种就是暖意浓浓的米酒小汤圆了。汤圆又叫汤团,因其熟了会浮在水上,古代又称它为浮圆子。古人之所以会在元宵节吃汤圆,实际上是因为思念亲人、渴望团圆。宋代周必大写有《元宵煮浮圆子诗》:

今夕知何夕?团圆事事同。
汤官寻旧味,灶婢诧新功。
星灿乌云里,珠浮浊水中。

  岁时编杂咏，附此说家风。

  在那么多种类的汤圆中，我最钟情的就是米酒小汤圆。如今，很多地方都有米酒小汤圆销售，色彩缤纷、香甜软糯的米酒小汤圆会让你眼前一亮。但不管市面上售卖的汤圆有多么琳琅满目，我还是更喜欢自己在家动手做汤圆，一是更健康，二是可以增添乐趣，三是可以增添过节的氛围。

  我现在还记得自己第一次做汤圆的情景。那是小时候，在过节时第一次见妈妈动手做汤圆，觉得很新鲜，所以也闹着要做汤圆。汤圆由糯米粉制成。制作过程中，首先需要将糯米粉加水搅拌成面团，接着再将面团揉成一个个小巧的汤圆。可别小看糯米粉加水和成面团这一步骤，水加多了或少了都不行。加多了水，揉成的糯米团就会烂了；如果水加少了，糯米团又会太硬。而且只能加开水，不然就会造成糯米团黏性不足，呈松散状，不能揉成小团。

  在妈妈和成面团后，我就照着妈妈的样子开始揉成小汤圆。但感觉不管自己怎么揉，怎么认真学，似乎也揉不好一个圆溜溜的小汤圆。虽然妈妈在一旁耐心指导，但我也没有揉成一个像样的小汤圆，不是揉成椭圆形就是饼形，但我还是揉得不亦乐乎。

  在米酒小汤圆煮熟后，我就要求妈妈专门挑出我自己揉的小汤圆。在吃到自己做的小汤圆后，我感到很有成就感。米酒小汤圆香味四溢、润滑爽口，很是好吃。一家人揉着面团，吃着暖意浓浓的米酒小汤圆，那一刻至今难忘。

  其实，中国人在元宵节吃的这个白白的"团子"，北方叫作元宵，南方才叫汤圆。虽然两者的外形、原料基本相同，但从制作工艺上来讲，可以算是完全不同的两种食品：元宵是"滚"出来的，而汤圆则是"包"出来的。在烹饪上，元宵可以煮、蒸，还可以煎、炸；而汤圆则以煮最为常见。

  有一年，一个哈尔滨的同事因没有买到火车票而没有回家过年。这也是他有生以来第一次在异乡过年，那种思乡之情溢于言表。这一切我都看在眼里。在除夕夜来临前，我把家里做好的米酒小汤圆特意打包一份，给他送了过去。

  那一刻，他一手端着米酒小汤圆，一边吃一边热泪盈眶。

一直以来，我对米酒小汤圆那种酸甜而带酒味的味道情有独钟。又白又弹的小团子浸在晶莹剔透的米酒里，若隐若现，滚圆滚圆的，如同一个个小雪球，小巧而又迷人。还有那一粒粒饱满的"水滴"，像散落在人间的亮白珍珠，真可谓是"此味只应天上有，人间能有几回尝"。

这么多年过去了，我还一直怀念着米酒小汤圆的味道，那才是家的味道。

24. 银耳汤，平常人家的燕窝美味

说起燕窝，大家都知道是滋补珍品。但大家或许不知道，有一种食物在滋补方面，比人参、鹿茸、燕窝等更适用于多数人，这种食物就是平常生活中常食用的银耳。

银耳又名白木耳，它属于一种胶质真菌，因其色白如银，故名银耳。据《本草诗解药性注》记载，白耳"有麦冬之润而无其寒，有玉竹之甘而无其腻，诚润肺滋阴要品"。银耳含有十七种氨基酸，富含多种维生素和天然植物胶质。

有句俗话说："外行吃燕窝，内行吃银耳！"银耳是一种比较珍贵的食用菌，具有补肾、润肺、生津、止咳等功效。常食银耳有美容养颜的作用。

慈禧太后的御前女官德龄在其著的《御香缥缈录》中专门记述了银耳："最好的银耳，已成了在四川省做官的人孝敬太后的一种专利品。他们雇了许多的工人，常年在那里搜寻最好的银耳，拿来去巴结太后。"以至于德龄感慨，银耳的"市价是贵极了，往往一小匣的银耳，要花一二十两银子才买得到"，而且银耳依据价值的高低，被"分别装在各式各样的锦盒里面；最精致的锦匣，往往也要值到好几两银子一个"。其实，不仅是慈禧太后，历代的达官贵人也都将银耳看作"延年益寿之品""长生不老良药"。

我记得第一次喝到银耳汤，是在一次宴席上。那时候我见到没有吃过的东西，都不愿动筷子。妈妈提醒我说那银耳汤非常好喝，让我也喝点。我当时并不在意，懒洋洋地伸出汤匙舀了一勺送进嘴里。

刚尝第一口时我就惊呆了，甜而不腻、润滑软糯，真是太好喝了。我又

接着舀了几勺吃了起来,妈妈看着只是笑笑。这时,我才认真看了一下银耳汤,不禁感叹:那香甜醇美、晶莹剔透的银耳汤才是人间美味呀!

银耳汤

从那以后,我就经常缠着妈妈做银耳汤喝。妈妈在做的银耳汤中加了红枣,红枣是我们自家树上结的果子。红枣与银耳一同慢炖后,不仅汤色诱人,而且红枣变得又软又糯,香甜可口。每当妈妈将煮好的银耳汤端上来时,那红彤彤的枣子点缀在汤中,闻起来枣香四溢,令人垂涎欲滴,有时一天吃三大碗还不满足。

从学校步入社会工作初期,既要完成很多任务,又要学习很多东西,虽然工作朝九晚五,但还是很辛苦、很累。每次下班回家,最渴望的是能喝上一碗银耳汤,让它来冲淡身上的一切疲惫。

我最早上班的地方比较偏,几年来很少能喝到银耳汤,但那银耳汤的美味一直让我念念不忘。为了一解心馋,就干脆买来食材,自己请教妈妈做了起来。

首先,我将银耳提前浸泡,让其充分发涨。接着,把泡发好的银耳撕成小块,反复淘洗后沥干水分备用。随后,我将红枣仔细用水洗净,同样放置一旁备用。接下来,我在紫砂锅中加入足够的水,将处理好的银耳、红枣、枸杞放入砂锅。之后,先以大火将汤水烧开,待沸腾后转至文火熬煮两至三小时,待银耳的汤呈胶状,再将冰糖放进去,这样香浓可口的美味红枣银耳汤就做成了。

我品尝着自己做的银耳汤，感觉味道还不错，虽然做得不及妈妈做得好，但我内心已经很满足了，也很有成就感。从那以后，一发不可收，我经常自己炖银耳汤喝。一段时间后，感觉炖的银耳汤味道越来越好，内心开始狂喜。

在美食上，每次遇到美味我都会情不自禁地分享给朋友。

那天清晨，我将熬制好的银耳汤带到公司送给我的一些同事喝。他们知道是我本人熬的银耳汤后，都很是惊讶，争先抢着要品尝。尝过后，都一阵叫好，全部吃得精光，并嘱咐下次再给他们熬点送来。

一个小细节引起了我的注意，同事小雯尝过银耳汤后，好像有些忧伤。当时，很多同事在一起，我也不好直接问。下班后，我悄悄走到了她跟前，问她是不是银耳汤做得不好吃。

她似乎有点惊讶，但看我一脸认真的样子，瞬间露出了微笑。她说，挺好吃的，她很喜欢喝。然后我就把我今天的疑惑说了出来。她也不跟我隐瞒，说在她小的时候，外婆经常煮银耳汤给她喝，还告诉她，夏天喝银耳汤，不仅可以解暑，还可以养颜、润肺。今天一喝到银耳汤，就想起了外婆，所以有点小忧伤。

我点了点头，跟她说抱歉，并告诉她如果想喝银耳汤了，下次再给她带来。她立马转忧伤为微笑，跟我说谢谢。

美食，给我们带来的是一种情怀、一段回忆、一片思念。或许，我们不仅仅是在品尝一种美味，更是在品尝一种记忆！

25. 小米椒爱上小公鸡

鸡，是大家再熟悉不过的了。唐代诗人李贺曾写了一首天下名诗："我有迷魂招不得，雄鸡一声天下白。少年心事当挈云，谁念幽寒坐呜呃。"

古人很早就养鸡了，吃鸡也是古已有之。据说，唐代诗人李白曾有诗云："亭上十分绿醑酒，盘中一味黄金鸡。"由此可见，餐桌上，鸡肉是必不可少的招待菜。鸡的肉质细嫩，滋味鲜美，在古代的菜肴中一向列为上品，受到大众喜爱。

在我国，素有"鸡八桌（方言）"、"无鸡不成宴"之说。而且，人们也与鸡有很多不解之缘。相传，汉丞相曹操在赤壁大战前夜，突然卧病不起，已多日不沾水米，军中上下个个焦急万分。

当时，有一个庐州人献上"秘方"，捉来一只当地的"伢鸡"，配中药和好酒卤制后，送给丞相吃。丞相吃后觉得鸡肉味美无比，食欲大增，竟一口气吃下大半只。后来，厨师连续做了几次，曹丞相都吃个精光，身体也恢复了健康。

以后，曹丞相无论走到哪里，都必定请厨师备此鸡。

记得小时候，我最喜欢啃鸡腿了，现在想来满满都是回忆。妈妈熬了鸡汤或红烧了公鸡，我最先抢的就是两个鸡腿，放在碗里，待饭菜都吃完了，再拿着鸡腿边玩边吃，就像吃零食一样。

长大后，一次偶然的机会，让我吃到了别有一番风味的鸡肉。那天，我和几个朋友一起在一家环境还不错的饭馆吃饭。当我们看菜单时，一个菜名深深地吸引了我的注意——小米椒爱上小公鸡，特有意思的名字，我当时毫不犹豫地点了那道菜。

不点不知道，一点让我心跳。古往今来，我们一直都有吃鸡的传统，但我今天却被这极富浪漫的创意菜名给征服了。我很期待，小米椒在浪漫邂逅了骄傲的小公鸡后，会演绎出什么样的爱情故事呢？

风味鸡肉

我点了这个菜，旁边的服务员夸赞我有眼光，并说道："这个菜是我们的招牌菜，很受欢迎，我们一天能卖二百多份呢。"这名服务员说完，一脸的自豪。

我的一个朋友问道："那这道菜是怎么做的呢？"

这名服务员解释说："这道菜的食材主要是鸡腿肉和青、红美人椒。首先，将鸡腿肉切成小块，放入盐、味精、糖、料酒等进行腌制。然后，将腌制好的鸡肉放入油锅中煎至外皮变黄，捞出沥干油备用。接着，在锅中加入适量辣椒油、蒜片、姜片、小米椒爆香。随后将备好的青、红美人椒圈加入锅中，快速翻炒至微熟。最后，将之前煎好的鸡肉重新加入锅中，与青、红美人椒圈一起翻炒均匀即成菜。"

我们听后点了点头，越发期待菜肴上桌。没过多久，服务员将菜端上桌，那青、红相间的小米椒点缀在其间，像羞涩的小姑娘。那金黄色泽的小鸡块，十分诱人。我忍不住先夹了一块放在嘴里，那麻麻辣辣的感觉瞬间从舌尖蔓延开来，挑动着我的每一个细胞，仿佛吃到了人间上上等美食。我的几个朋友随后也夹着吃了起来，边吃边大赞好吃。

在我们几个朋友一起热热闹闹地吃起来时，萍萍迟迟未动筷子，忧伤的神情写满了整张脸，也许是这盘小米椒爱上小公鸡勾起了她疼痛的记忆。她曾经告诉过我，她在大学相恋四年的男友，突然离她而去，这让她伤心欲绝……

具体原因，我们也不便问，只是劝她赶紧吃点。

从那以后，我就对小米椒爱上小公鸡这道菜念念不忘，主要是因为它不仅入味，还入心。有时，一到吃饭时间就想到了那道菜。后来，实在忍不住又去那里吃了几次。只要进店一看到那菜名，就觉得食欲瞬间袭来。

在那家餐馆吃了几次后，我与店老板熟了起来。他是来自四川的一个小伙子，头脑比较灵活，做事很勤奋踏实。当我问他那菜是不是他首创时，他的回答挺实在。他说是从别人那里偷学来的，第一次在别的酒店看到这道菜时，他就认定这道菜以后必火，便认真研究起了这道菜的做法，然后自己多次试着做。最后功夫不负有心人，他试做成功了，而且做的味道比那家酒店的还要好。

这件事让我感触很深，做菜如做人，做人要有品德，做菜要有品质。你珍惜每一份食材，它就会回报你美味。生活中，如果想创造出我们的价值，那就需要我们用心去观察，用心去看去学，我们付出了多少，就会收获多少。

虽然，我们吃的是菜，但品的是生活。食物千变万化，不变的是我们那颗热爱生活的心！

26. 最嫩的藕，这一季的酸辣藕带

说起藕带，大家再熟悉不过了。

藕带，古时称藕鞭、藕丝菜、银苗菜，是还没有成形的藕。藕带尤以湖北产的为佳。因为湖北盛产藕，尤以湖北洪湖地区的莲藕举世闻名。如果哪天你来湖北了，一定要尝尝鲜嫩的藕带。

在古代就有采食藕带的习惯。藕带身形白嫩细长，形如一条"带"，而且里面布满了细微的管状小孔，在湖北民间被俗称为"藕带"。

我至今还记得小时候抽藕梢的情景。以前，我家门前有一口池塘，池塘里生长着一片野生的藕。每逢肚子饿了，我就和小伙伴们一起下池塘抽藕梢吃，而且每次可以抽很多。我们抽藕梢还算专业，先找到一株荷尖，顺着茎秆，把手伸进淤泥中，触摸到淤泥中的藕梢子，再慢慢地顺着藕梢的方向往上抽。抽出的藕梢在池塘里洗洗就拿起来吃，一口下去，那份鲜嫩、甘洌，那份清爽的甜汁，直接甜进了心田。

还有，在你吃藕带时，常常嘴里会布满细细长长的藕丝。此时，你就能深刻地体会到唐朝诗人孟郊的诗句"妾心藕中丝，虽断犹牵连"的美妙。

如果你抽藕梢抽累了，停歇片刻，望着一片片荷叶才露尖尖角，忽然看到几只飞舞的蜻蜓，你就能轻易走进南宋诗人杨万里写的"小荷才露尖尖角，早有蜻蜓立上头"的诗意中去。

很早以前，藕带这种菜还只是出现在寻常百姓家。后来，随着生活水平的日益提高，人们对蔬菜营养与风味的追求也越来越高，既要求有营养，又要保持蔬菜的原有风味。藕带开始走俏。

随着藕带从乡村走向都市的餐桌，一到盛夏，各大菜场随处都能觅到它们纤细柔白的身影。如果想要购买藕带，还要早点去菜场，因为只要藕带一上市，就会被一抢而空。

在武汉，夏季是一年之中吃藕带的好时节。

藕带吃法多种多样，可以生吃，也可以炒、拌、煎、蒸、炸、熘。可作主料，也可作配料。最常见的有两道菜，一个是清炒藕带，另一个是酸辣藕带。在武汉，最受欢迎、点单率最高的是酸辣藕带。酸辣藕带是鄂菜中的经典名菜，也是"鱼米之乡"湖北最有特色的菜品之一。

俗话说："好菜还得好手烹。"炒的时间长短都会影响藕带的口感。我品尝过武汉很多地方做的酸辣藕带，但仅有一次让我至今难忘。可以说，那是我有幸吃到的这世上最好吃的酸辣藕带。

那是一个烈日炎炎的盛夏，好友朋朋的妈妈来武汉看他，顺便带了洪湖野生的藕带过来。朋朋邀请了我们几个好友一起去吃。朋朋的妈妈是一个很热情的人，穿着很质朴，虽然六十多岁了，但身子骨看上去还很硬朗。她每次来都会带些农村的特产，都会邀请我们过去一起吃，让我们感觉就是一家人，很温馨。

酸辣藕带

那天，我们几个人下班后一起去了朋朋家，阿姨看到我们来很高兴，急忙招呼我们坐下。原来，阿姨已经提前做好了一大桌可口的饭菜。其中，最为瞩目的还是阿姨最拿手的酸辣藕带。

阿姨做的那盘酸辣藕带，色泽洁白如玉，清香四溢，十分诱人。在吃前，阿姨还特意介绍说："这个藕带，是纯野生的洪湖藕带，市场上很少能买到，价格比肉还要贵。在菜市场上卖的大多是人工种植的，口感上要欠缺些。大家都赶紧尝尝，别客气。"

"好的，谢谢阿姨。"我们先后答道。我也不客气，拿起筷子夹起一截藕带吃了起来，只第一口，便感受到那脆、嫩的口感和鲜、香、辣等味道，一应俱全，特别是那夹杂在其中的酸辣味，食后让人回味无穷。我的几个好友吃后，也是大赞不已，感叹洪湖藕带的美味真是天下一绝。

我连忙问阿姨这菜是怎么做的，有什么讲究没。阿姨详细介绍说："做这道菜要把握好火候和调料。新鲜藕带洗净后斜切成小段，然后将其泡在淡盐水中。沥干水后热锅下油，下入干红辣椒、小葱和大蒜片爆香，再将藕带放入翻炒。翻炒几下后，再放入适量的盐、白糖和白醋，翻炒均匀即可成菜。"

"噢，原来如此。"我恍然大悟。那一天，我们几个人一起吃得津津有味，那是我吃过的最好吃的酸辣藕带了。

两寸长藕带，百里寄乡情。

对于我好友朋朋来讲，洪湖是他的故乡，一盘酸辣藕带寄托了他所有情感。同时，也让我回忆起了童年。曾经，妈妈也为我做过酸辣藕带，但那种味道已渐渐远去，只剩下零碎的、模糊不清的回忆片段……

27. 与时间厮守的糍粑鱼

武汉地处江汉平原东部，河流和湖泊星罗棋布，水产极为丰富，因此在鄂菜中形成了以"水产为本，鱼菜为主"的特色。

鱼，因肉质鲜嫩，无疑是令人惊叹的美味。

《诗经·国风·陈风·衡门》中写道："岂其食鱼，必河之鲂？岂其取

073

旧食光 老情怀 正是江城遍地炊烟时

妻,必齐之姜?岂其食鱼,必河之鲤?岂其取妻,必宋之子?"在古代,不管是清波粼粼水中的鱼,还是盘中色香味俱全的鱼,都是文人墨客的最爱。

随着时代的发展,如今鱼的吃法有很多种,有红烧、清蒸、水煮、清炖、油炸等。除了武昌鱼,糍粑鱼也是我的最爱之一。如果来了武汉,这两种鱼是不能错过的。它们在口感上一柔一刚,各有所长。清蒸武昌鱼,讲究的是味腴细嫩,新鲜爽滑;糍粑鱼,则是咸辣适中,醇香浓郁。

在鄂菜中,糍粑鱼也是江城武汉最受欢迎的一道菜品,口味咸辣,很香,是很好的下饭菜。它的特别之处在于,剁成块的鱼要经过腌制、晾干的工序,最后煎烧而成。由于鱼块经过腌制,非常入味,香气扑鼻。

糍粑鱼

我记得上大学时,第一次出远门求学,生活在异地的我很不习惯。每次去食堂吃饭,总感觉食堂的饭菜不合自己的胃口。因条件有限,每次只能打点素菜,但有一个菜,是我一直想吃却舍不得买的,那就是糍粑鱼。

我第一次吃到糍粑鱼时,就被它的美味所深深吸引。因为是第一次吃,还一度认为它是平常吃到的腊鱼。虽然两者都需腌制、晾干后再烧制成菜,但它们在烧制时略有不同,所以在做法上和口味上都有差异。

在学校时，有时实在忍不住，买来吃吃，解下心馋。每次吃时，都会想起中国古人高超的智慧。我们都知道，新鲜的鱼不易保存，古人就想到了这个办法，把鱼腌制后再晾干，就不易腐坏，而且腌制过的鱼肉别有一番滋味，真是一举两得。

有一次，我在学校患了感冒，很严重。从不感冒的我，突然有种病来如山倒的感觉，头重脚轻，昏昏沉沉，起不了床。我当时打电话给辅导员请了假，在宿舍一躺好几天没出门，都是室友带饭给我吃。但那时一点胃口也没有，什么也吃不下。

那时，跟我来自同一个地方、同一所中学的小兰，不知从哪里得知我生病了。有一天下午她突然来宿舍看我，还带来了我爱吃的糍粑鱼。

那天她过来，真的让我很惊讶。毕竟，我和她只是通过同学介绍认识的，平时见面也只是简单地聊上几句，感觉就像是普通朋友一样。但我们有一个共同的爱好，就是喜欢去图书馆看书和写博文，我们两人在博文中互相关注、互相鼓励。

那天她一进来，就微笑着喊我的名字。我努力从床上坐起来，当时沉重的身体瞬间感觉轻松了许多。

"小兰，你怎么来了？"我惊讶地问。

"来看你啊，病得这么严重也不去医院。"小兰轻声应道，"现在好些没有？"

"谢谢，今天好多了。"我回答道。

"哦，那就好。"小兰应道。说完，她打开装糍粑鱼的食盒，让我赶紧吃。金黄金黄的鱼块，外焦里嫩，鲜香扑鼻。一看到糍粑鱼，顿觉肚子饿得咕咕叫了。我夹起一块就吃了起来，外皮酥脆，肉质紧实，口味香辣，真是太好吃了，这肯定不是学校食堂做的。

"小兰，这个糍粑鱼是在哪里买来的？"我小声问道。

"好吃不？"小兰笑了起来。小兰是那种一微笑起来就特别甜美的人。

我点了点头。小兰说："这是我专门去一家餐馆买来的。我同学以前去吃过这家的糍粑鱼，感觉味道非常好，我就去买来送给你吃了。"

"谢谢你，你也一起吃吧。"我对小兰说。

"对我还客气什么，你吃吧，我来之前就吃过了。"小兰笑着说。小兰看我吃得津津有味，脸上堆满了笑容。那天我把糍粑鱼吃了个精光，第二天一起床就感觉感冒好了许多。

大学毕业后，我去了外地工作，小兰则留了下来。参加工作后，我没少吃糍粑鱼，不过总觉得吃不出小兰那天送来的糍粑鱼的那种醇香浓郁的美味。当然，我还是一如既往地爱吃糍粑鱼。

几年过后，我的邮箱里突然收到小兰发来的一封邮件。这封邮件是她在结婚前一晚写好发给我的，是一首诗，至今我还记得其中一句："叶子的离开，是风的追求，还是树的不挽留……"

看到这里，我沉默了许久。

她结婚当天，我没有发去祝福，只是简单地给她回复了两个字——收到。在当年的"五一"假期里，我去了她说的给我买糍粑鱼的那家餐馆，再次点了一份糍粑鱼。

那次，我吃得很慢很慢，感觉足足像吃了半辈子一样漫长……

28. 西红柿蛋汤，让你今生怀念的味道

西红柿，大家再熟悉不过了。

我从小就喜欢吃西红柿，喜欢它那种酸中带甜的味道。西红柿，别名番茄、洋柿子，属于茄科植物。因其形似红柿，品种来自西方而得名"西红柿"。据《陆川本草》记载，其具有生津止渴、健胃消食和治口渴、食欲不振等作用。

相传，番茄最早生长于南美洲的森林里，因果实色彩娇艳，被当地人当作有毒的果子，只用来观赏，无人敢食。后来，有一位法国画家多次以番茄为题材进行描绘，看到如此美丽可爱的番茄，很想尝下是什么味道，但又担心有毒。因他实在无法抵挡它的诱惑，便冒着生命危险亲自尝了一口，觉得味道酸酸的，酸中又有甜。

然而，在品尝后就躺在床上等死的他居然没事，于是"番茄无毒可以吃"的消息传了出去。从那以后，很多人就开始安心享用番茄的美味了。番

茄于十六世纪中期被带入欧洲，意大利厨师把番茄做成了各种美味的菜肴，客人食用后赞不绝口。番茄就此博得了众人之爱。

从此，番茄才正式登上了餐桌。

记得小时候，我家菜地里种了番茄。每当果实成熟时，我都会去摘番茄吃。一进菜园，就能看见番茄挂在枝上像小灯笼一样。番茄营养丰富，肉嫩滑且多汁液，很受大众欢迎。我每次摘了番茄在身上擦几下当场就吃，多的就拿回家做菜吃。那种美味和记忆，现在想起依然像发生在昨天一样。

曾有人写诗盛赞："番茄架下春光现，花香自引蝶来恋。待到满面羞红时，与花争艳俏流年。"你种了番茄后，才能真正体会个中意境的美。

番茄除了可以当水果吃，还可以做西红柿炒鸡蛋、西红柿炒饭（武汉人也称"西红柿炒花饭"）、西红柿蛋汤，加工成番茄酱、番茄汁等。其中，西红柿蛋汤是我的最爱。从小我吃得最多的就是西红柿蛋汤。参加工作后，我依然保持着这个饮食习惯。每餐吃饭时，一份菜、一份饭、一份西红柿蛋汤，这三样是我的标配。

我以前公司的一个领导，患有严重的高血压。他跟我们讲，番茄具有很高的营养价值，具有降低血液黏稠度、保护血管、防治高血压的作用。所以，他一直有吃西红柿蛋汤的习惯，而且这一习惯保持了几十年。

西红柿蛋汤

为了能长期吃到西红柿蛋汤，我果断地模仿妈妈，自己学着做了起来。首先，我将番茄放在热水中泡一下，剥掉外皮后再切成片。接着，将鸡蛋打入碗中，用筷子搅均匀。锅中放油，将番茄炒到六七分熟时，加入适量水煮沸，然后将搅拌好的蛋液倒下，加入适量盐、鸡精、生抽、香葱等，再起锅即成汤。

经过反复研习，我感觉自己做的西红柿蛋汤味道越来越好。每当拿着汤匙喝着自己做的西红柿蛋汤时，内心很是满足。那通红的汤汁，浓郁的番茄味和蛋香味，似乎穿越了前世，散发着记忆的芳香。

有一次，朋友海哥来我家做客。我下厨给他做了几个菜，其中一个就是西红柿蛋汤。在我们吃饭时，海哥突然双眼湿润了起来。当时让我不知所措，因为从没见过他这样，我连忙问海哥怎么了。

"没什么，只是一看到这个西红柿蛋汤，就想起了我奶奶。"海哥哽咽地说。

"哦，这是为什么？"我好奇地问。

"我从小是奶奶带大的，当时父母一直在外务工。那时，奶奶做西红柿蛋汤最拿手，做出的味道很好喝，跟奶奶在一起的日子，几乎天天喝。从幼儿园到小学毕业，我整整喝了九年。"海哥解释说，"在我高考那年，奶奶病重，爸爸怕影响我学习，就隐瞒了这个消息。在我高考结束后，我高高兴兴地去找奶奶，爸爸才突然告诉我这个消息。我一下子大哭起来，跟爸爸吵了起来。我恨我爸爸，现在也恨。为什么在奶奶病重时不能让我见一面，尽点孝心？当时奶奶肯定很想我，我哭着说我要去找奶奶……"海哥说到这里时，泪水不受控地流了出来。

"海哥，不好意思……"我抱歉道，并递给海哥一张纸巾。

"没事。"海哥擦了擦泪水说道，"在这件事上，我内心一直充满了对奶奶的愧疚。自从奶奶去世后，我就再也没有喝过西红柿蛋汤了。"

"海哥，你一定要走出来，你奶奶不会怪你的。"我劝解道。海哥点了点头，拿起汤匙，狠狠地喝了一口西红柿蛋汤，说："好喝，跟奶奶做的味道一样。"

"那你就多喝点。"我微笑着说。那天，我和海哥吃得很开心，谈天说地，无所不谈。

对有些人来说，西红柿蛋汤不仅仅是一种美味，更是一种情感，承载了我们太多的记忆。那种记忆足以让我们怀念一生！

29. 最想喝一碗原香味柴火锅巴粥

锅巴粥，一碗久违的味道！

我从小就喜欢喝锅巴粥，很想念那柴火烧出的独有香味。记得小时候，夜幕降临前，家家户户烟囱里都会升起袅袅炊烟。每当这时，我们也就知道，妈妈又在给我们做可口的饭菜了，其中就会有锅巴粥。

对我们来讲，锅巴粥就是一碗浓浓的乡愁。

每每想念时，就会想起元代散曲家马致远写的《天净沙·秋思》："枯藤老树昏鸦，小桥流水人家，古道西风瘦马。夕阳西下，断肠人在天涯。"这样美好的乡村已渐渐离我们远去，剩下的只有无奈与无尽的怀念。

我还记得，要做好一碗锅巴粥，掌握火候才是关键。火大了，锅巴就会烧煳；火小了，锅里又起不了锅巴。锅中米饭快熟时，要改成小火，待一阵阵饭香扑鼻而来时，就可以开饭了。

锅巴从锅里铲出来后，可以直接拿着当零食吃，嚼起来又脆又香。但我更喜欢锅巴粥的美味，至今仍回味无穷。

我听父母讲过，在他们小的时候，家里一穷二白，穷得叮当响。在闹饥荒的年代，根本无法填饱肚子。那时流行一句话："饭不够，粥来凑。"当时，吃锅巴粥对家乡人来说，是再平常不过之事，甚至父母都说他们是吃着锅巴粥长大的。

对锅巴粥，我们怀有一种特殊的感情。

长大后，随着生活条件的改善，家家户户都换成了用电饭煲做饭，柴火灶退出了舞台。这是一种趋势，也是一种必然。所以，如今能吃一碗锅巴粥是一件很奢侈的事，但对于锅巴粥的那种情感是我们一生中无法割舍的。

我记得毕业后工作的第一年，我约了几个同事去我老家游玩。我还特意嘱咐妈妈要做锅巴粥给我们吃。妈妈听后笑着说："傻小子，来了客人，怎么能做锅巴粥吃呢？"

旧食光 老情怀
正是江城遍地炊烟时

锅巴粥

我小声说道:"没事的,我们都是朋友,不在乎这些的,你尽管做就行了。"

我同事听后也及时应道:"阿姨,我们就是想吃点锅巴粥。"

"好嘞,那我就去做。"妈妈高兴地答应了下来。随后,将很久不用的柴火灶上的锅洗了好多遍,我也在一旁打下手,帮忙生火做饭。在饭做熟后,我脸上沾满了黑色的印记。一碗又一碗金黄色的锅巴粥端在同事面前时,我感觉一切的辛苦都值了。

那天,我们大家都吃得很开心。沉在米汤里的锅巴若隐若现,吃起来很香、很酥、很甜。大家食后赞叹不已,欢声笑语一片。

时间虽改变了家乡,改变了我们的生活,却改变不了我们的情怀。柴火灶虽闲置,但记忆犹在。

如今,科技进步了,我们反倒离锅巴粥的美味越来越远了。参加工作后,每到吃饭时,心里还一直惦记着那碗锅巴粥。

有一次,我们在汉阳区逛街时,无意间走进了一个深巷子,看见一个有些破旧的店面是专门经营锅巴饭和锅巴粥的。我一阵惊喜,因为我还从没有见过专门经营锅巴饭和锅巴粥的。店面不是很大,但店里的客人爆满,站的地方都没有。

我一看到这里,就毫不犹豫地点了一碗锅巴粥。一碗锅巴粥收费三元,锅巴饭收费五元，挺实惠的。我站在旁边，特别注意店老板是怎么做锅巴粥的。店老板在瓦罐内铺满做好的米饭，再放到煤气灶台上烧，七八分钟就闻到了阵阵扑鼻的香气。然后店老板铲去米饭，再将做好的米汤倒进去，就做成了一碗锅巴粥了。

我看着金黄的锅巴，乳白的米汤，甘香四溢，一下子来了食欲。我夹起一块锅巴就咀嚼了起来，那份原始的美味，一下子就勾起了我对往事的回忆。虽然，在武汉市区早已没有了原香味的柴火锅巴粥吃，但有这样的锅巴粥出现，也可以让我一解心馋了。

从那以后，凡是下班得早，我就专门坐十多里路的公交车去那家店吃锅巴粥。每逢吃锅巴粥时，就有种返璞归真的感觉，特别享受那种静谧。但遗憾的是，那家店只经营不到一年就关了，顿时让我觉得自己像一个找不到家的孩子。

没有了锅巴粥吃，一度让我心情很失落。几年后，我爸妈突然决定春节时回老家过年，也许是想念家乡了，想念家乡一切熟悉的味道。那年回到老家，我也重新吃上了久违的味道。一日几餐的锅巴粥，让我吃得津津有味。

这么多年过去了，什么山珍海味我都吃过，但唯独那份原始的锅巴粥是我最想吃而又吃不到的。一直以来，它是埋藏在我心里的乡愁，那份乡愁是"我在这头，你却在那头"！

30. "冲"一碗武汉人最钟爱的早餐甜品

说到吃早餐，武汉人最爱的早餐甜品就是一碗蛋酒了。

蛋酒是湖北武汉的特色小吃，主要在早餐时食用，其酸甜可口的味道，深受大众喜爱。而且，它还融合了米酒的酒香和鸡蛋的丰富营养，是妇孺老幼一年四季皆宜的营养佳品。

早上，一碗热干面搭配一碗蛋酒，那是绝配。因为热干面是干的，配上一碗清甜又芳香的蛋酒，不仅开胃又舒坦，而且还能温寒补虚、提神解乏、促进食欲。

米酒，古代也称"清酒"。在中国，酒文化源远流长。中国五千年的酒文化，也是酒的历史。在古代，我们曾有李白"举杯邀明月"的雅兴，欧阳修"酒逢知己千杯少"的豪情，苏轼"把酒问青天"的胸怀，曹操"对酒当歌，人生几何"的悲壮。

米酒虽不像白酒那样浓烈，却有着酒的醇香；虽不像白酒一样能解忧，却能像白酒一样助兴。在中国的酒文化里，米酒同样占有非常重要的地位。

据晋代江统《酒诰》记载："酒之所兴，肇自上皇。五帝不过，上溯三王。或云仪狄，一曰杜康。历代悠远，经载弥长。虽曰贤圣，亦咸斯尝。有饭不尽，委余空桑。郁积成味，久蓄气芳。本出于此，不由奇方。"这是最原始的米酒，是将米饭长时间置于室外充分发酵后产生的。

自古以来，人们就有饮用米酒的习惯。人们喜欢米酒那份天然清甜、那份沉淀历史的味道。古代有个诗人在品尝米酒后写道："米酒清新醉仙人，酒香飘醚世人魂。瑶池米酒遗凡香，留得万代享酒芬。"

米酒，主要由糯米发酵而来。它含有丰富的营养成分，如葡萄糖、氨基酸等。在米酒中加入鸡蛋，营养就更全面了，可以说是清晨唤醒你身体的营养佳品。所以，在吃早餐时，武汉人都会选择搭配一碗蛋酒。

每天早上去上班时，我都会在路边街摊吃早餐。有时吃热干面，有时吃面窝，有时吃油条，虽然口味万变，但唯一不变的是让老板冲碗蛋酒。去吃早餐时，听到最多的是："老板，来碗热干面，冲碗蛋酒。"

蛋酒

俗话说："酒不醉人人自醉！"一遇美酒，总会忍不住多喝几杯。我有一个老同事，他特别喜欢蛋酒。他平时一不喝白酒，二不喝茶，三不喝饮料，但对蛋酒情有独钟。他的办公桌下总会藏有一罐罐米酒和几个鸡蛋。

他每天中午吃饭前，都会打一个鸡蛋，用开水一冲，放几勺米酒进去，再加点白糖，一碗清甜可口的蛋酒就成了。那米酒的清甜，蛋香的浓郁，入口的甜美，他曾说过自己着迷了几十年。

我的老同事如此痴迷蛋酒的背后，有着一段不为人知的故事。

他家世代都是农民，以种田为生，家里经济条件不好。他爸爸一直以来体弱多病，重活儿都干不了。家庭的重担就自然落在了他瘦小的母亲身上。

那年，他高考完被武汉一所高校录取，本应是一件很开心的事，但面对高昂的学费，他家一筹莫展。他的亲戚也都是穷苦人，想找他们借钱是不可能的。他妈妈辗转想了几个晚上，感觉如果接着种地，是不可能再继续供他上大学的。

有一天，他妈妈突然想到一个挣钱的方法，那就是去城里卖蛋酒。当时，他和爸爸都不同意，但怎么也拗不过妈妈。他妈妈这蛋酒一卖就是四年。就算是风雨天气，他妈妈也踩着三轮车坚持出摊。让他妈妈没想到的是，因为当时卖蛋酒的人还很少，她卖的蛋酒生意很好，一些顾客非常喜欢喝他妈妈做的蛋酒。

他妈妈凭借着卖蛋酒，顺利供他读完了大学。正当他学成归来时，他妈妈却突发疾病去世了，当时他哭了三天三夜。多年过去了，他一直坚持着吃蛋酒的习惯。他一吃蛋酒就能感受到妈妈就在身边。对于我的这位同事来讲，一碗蛋酒，不仅仅是一种美味，更是他的一种精神寄托。

我小的时候，曾经也一度迷恋蛋酒那种色淡而甘甜、香浓可口的美味。吃早餐时，吃一口热干面，喝一口蛋酒，简直是快意人生。吃完后，嘴里还会残留蛋酒的醇香。

我们也知道，武汉人喜爱蛋酒是出名的，大街小巷随处可见蛋酒的身影，不仅美味可口，更蕴含着这座城市独有的生活气息。曾经，有一个婆婆常年在武汉的火车站附近卖蛋酒和饮料。那天，有一个年轻的女旅客从她摊前走过，不知何故，突然晕倒在地。那婆婆毫不犹豫地冲过去把她扶了起来，并关切地问她有没有事。婆婆见女旅客脸色苍白，就连忙去冲了一碗蛋酒喂她喝。这一幕刚好被一个网友拍到并发到网上，瞬间感动了成千上万的网友。

外地来武汉的朋友，不妨在吃早餐时去品尝一下蛋酒。因为，它不仅是舌尖上的美味，更是能让你醉在心间的美味！

第四章 特色小吃：清风醉，扶摇直上九万里

曾有人说："一个城市的苏醒，是从温热鲜香的早餐开始的。"武汉，一个被誉为"早餐之都"的城市，街巷上琳琅满目的美食小吃，让人眼花缭乱。

31. 你过早了冇？热干面里藏着大情怀

"嘿，你过早了冇？"这是武汉人见面时的问候语，也是武汉最亲切的城市滋味。过早，是武汉的方言，是吃早餐的意思。

有句俗语"走遍千山万水，到了武汉却迈不开腿"，说的就是武汉的美食。香港"食神"蔡澜曾经说过："处处的早餐文化，因生活优裕而处于消失之中，武汉的街头巷尾还在卖，我将之冠上'早餐之都'。"

在武汉，每天叫醒你的，不是你的梦想，而是过早。

在武汉过早，小吃有很多，但首选是热干面。武汉人对热干面不仅是舌尖上的喜爱，还有一种情怀。热干面是一种食之而乡情浓浓的小吃。在武汉的清晨，每天吃一碗热干面是这一天当中最惬意的事情。

武汉街头巷尾的商铺打出各种招牌的热干面很多，但有一家百年老字号的热干面更受广大市民的喜爱。其不仅味道鲜美，晶洁爽口，而且食之香气喷喷，那就是"蔡林记"。其热干面已遍及江城，历久不衰，是武汉的老味道。

据传，"蔡林记"是由武汉黄陂人蔡明伟夫妇在1930年打出的招牌，主

旧食光老情怀 正是江城遍地炊烟时

要经营热干面。因蔡家门前有两棵葱郁的大树，故取名"蔡林记"，寓意蔡家生意兴隆。蔡林记经营的热干面，因其面好、味正、吃法独特，一经推出就声名大噪。

前些年，我们第一次到"汉味小吃第一巷"的户部巷游玩时，看到"蔡林记"三个字。它的古朴、典雅给我留下很深的印象。进到店内，宽敞洁净，食客非常多。因临近中午，我们每人也点了一份热干面吃。

当热干面端到桌前时，芝麻酱的香气阵阵扑鼻。我用筷子将碗中的萝卜丁、酸豆角、葱花等一起搅拌均匀，沾满调料的面条看起来很是诱人。夹起一筷，一口下去，面条的劲道和芝麻酱的醇香直冲味蕾，真的太好吃了。

我们都知道，热干面的面条通常是提前煮熟并沥干备用的。客人点了热干面后，厨师就把面条迅速放入烧开的水中再次烫热，然后迅速捞出并沥干水分。接着，他们会将面条放入碗中，并加入准备好的各种调料，如盐、香油、芝麻酱、细香葱、色拉油、卤水汁、生抽以及蒜末等。经过这样一番调配，一碗味道鲜美的热干面就制作好了。

热干面

我很喜欢吃热干面也是从那时开始的，热干面那种独特的味道一直让我很迷恋。一天未吃，心里就堵得慌。曾有人说，没有热干面的人生是不完整的。虽然有点夸张，但至少美好的一天，我们是从吃热干面开始的。

我有一个同学，在武汉生活了好些年，已完全熟悉了武汉小吃的味道。一到过早的时间，她就会深入巷子里寻找武汉的美味。但是，她没想到会有一天为了男友，选择离开武汉。离开武汉后，她说道："虽然离开了武汉，但我心依旧在武汉。好怀念武汉的小吃，怀念热干面的味道……"

蔡林记热干面经过发展，由以前的三个品种发展到了八个品种，即：全料热干面、炸酱热干面、虾仁热干面、虾米热干面、雪菜肉丝热干面、三鲜热干面、财鱼热干面、果味热干面。在第二届中国饭店文化节暨首届中国面条文化节上，武汉热干面被评为"中国十大面条"之一。蔡林记作为热干面的代表，现在已经实现规模化生产并远销国外。

有一次，我去外省旅游，因在景区迷了路，就向另一位游客询问。他回答后，就问我："小伙子，你是哪里人？"

我说我是武汉的，但他似乎不太明白，我又补充道："湖北武汉。"

这位游客一听，挠了挠头，立马说道："武汉的热干面，是你们那儿的吧？"

"是的。"我很自豪地应道，并接着说，"欢迎你到武汉旅游。"

"好的，下次一定会去武汉看看。还有，一定要吃一口那风靡全国的热干面。"这位游客一脸认真地说。

吃一碗热干面，邂逅一座城。

一个武汉人，无论他去了哪里，吃过多少美味的面食，都不及家乡的一碗热干面，吃得舒心，吃得舒畅。很多武汉人，为了能品尝到那原汁原味的蔡林记热干面，不顾路程远，从青山、汉阳赶来。全国各地的游客，更是借助旅游的机会，不忘专门去品尝蔡林记热干面。

在知青时代，民间还流传着一首经久不衰且武汉人都知晓的歌："我爱武汉的热干面，二两糖票一毛钱；四季美的汤包鲜又美，老通城豆皮美又鲜；王家的烧饼又大又圆，一口就咬掉一大边……湖南人爱辣椒，要问武汉人爱什么，我爱——武汉的热干面。"

时光流转，我就想吃那口热干面。一碗热干面，不仅代表了一座城市的味道，更是一种家的味道。直到现在，依然有很多人眷恋着那碗热干面。

32. 老通城豆皮，爱上你怎敢忘

在武汉，说起老通城的"三鲜豆皮"，那是无人不知无人不晓。三鲜豆皮是武汉人"过早"的主要小吃之一，极具民间特色，也是武汉传统的著名小吃。老通城的三鲜豆皮作为武汉小吃的代表，历史悠久，久负盛名。

旧食光 老情怀 正是江城遍地炊烟时

"老通城"是一家酒楼的名字。这家酒楼创办于1929年，以经营三鲜豆皮闻名，素有"豆皮大王"之称。因酒楼位于繁华的汉口中山大道大智路口，2006年受武汉修建长江隧道的影响，老通城关门十年。但老通城的品牌从未被人遗忘，反而越来越受到武汉人的青睐。

三鲜豆皮

1958年，毛主席先后两次亲临老通城，品尝了三鲜豆皮后赞不绝口，并说："豆皮是湖北的风味，要保持下去。"

我有一个同事，他说自己从小是吃着老通城豆皮长大的，豆皮承载着他许多美好的回忆。无论走到哪里，他最忘不了的就是老通城的豆皮，一天不吃豆皮就"欠"得慌。他曾跟我说过，做豆皮需要耐心，慢工出细活。别以为看似简单，真想做出一锅香喷喷的豆皮，需要麻利的动作和娴熟的技术。他还研究过豆皮的做法：

首先，将糯米煮熟。接着，将笋、豆干和瘦肉切成小丁，放入锅中，加入适量的油和其他调料，再添少许水，进行卤制备用。然后，将面和鸡蛋调成糊状，在平底锅中摊成薄皮。接下来，将煮熟的糯米、卤好的豆干丁和瘦肉丁等馅料包裹在薄皮内，最后用油煎制至表皮金黄熟透即可。如此制成的豆皮金黄发亮，入口酥松嫩香。

我第一次吃豆皮很偶然。以前，我去过早时，经常路过一口大锅，大锅里铺满了金黄闪亮的豆皮。因为一直没有吃过，也不知味道怎么样，所以很长一段时间把它给忽略了。

有一天,我看了一遍所有早餐店,不知道吃什么好。凑巧的是,那天刚好又走到那口大锅前,就问老板:"老板,这是什么?"

"三鲜豆皮。"老板响亮地答道,"要不要来一份尝尝?"

"好的,给我来一份。"

我从老板手里接过那碗豆皮,夹了一块吃了起来。不吃不知道,吃后才知道天下竟还有如此美味,真的是太好吃了。总是路过这里,美味在眼前却不知道,真是"有眼不识泰山"。

从那以后,我就一天一碗豆皮,我对豆皮有了更深入的了解。也是在那时,我听闻了老通城的豆皮是全武汉豆皮中最好吃的,但一直未能去品尝。

有一天,我一个外省的同学路过武汉,他提前联系了我。作为东道主,自然要让同学大吃一顿才是。但我那同学在电话里特别交代说:"武汉的东西什么都不想吃,你带我去吃一份老通城的豆皮就行了。"

同学大老远路过武汉,只请一份豆皮实在有些过意不去。但没有办法,我只好硬着头皮答应了下来。幸运的是,关门十年之久的老通城近来重新开张了,阔别十年的老味道又回来了。

那天,为了能让他品尝正宗的老通城豆皮,我带他直接去了汉口的老通城。我又一次看到"老通城"三个字的招牌时,有种似曾相识的感觉。

"人好多啊。"我同学突然感叹道。确实,店里面排队的食客都已排到店外了。歇业十年,重新开张的老通城的生意还能如此火爆,着实让我吃惊。据了解,这里的食客大部分是从三镇赶来的,都是为了争先品尝久违的汉味经典——老通城豆皮。

我们排了很久的队,每人点了一份豆皮。老通城的豆皮,其形方而薄,馅料丰富、色泽金黄、味香醉人,真是美不可言。我们都忍不住夹了一块吃了起来,蛋皮酥脆、咸鲜不腻、绵密软糯,真的太好吃了。我同学边吃边赞。

老通城豆皮,一个字——赞。

那天,我们吃得津津有味,并约定下次还要来吃。

我们知道,当年的味道,全在一碗老通城豆皮里。从那时起,我才真正理解,为什么外地人来武汉,都是以吃到老通城的豆皮为快。现在,老通城豆皮依然是全国各地游客来到武汉后争相品尝的名吃。

老通城豆皮，它不仅承载了一代武汉人的记忆，更承载了武汉人幸福的味道！

33. 小而美、四季鲜的汤包喝着吃

在武汉，有着这样一条百年老巷，被誉为"汉味小吃第一巷"，历经数十年经久不衰。它就是户部巷，是一个由名街、名楼、名景、名江环绕而成的美食天堂。在这里，各种百年老字号的美食随处可见。

其中，四季美汤包就是户部巷中的一道美食。

俗话说："到了武汉不得不吃四季美汤包。"四季美汤包是湖北武汉著名的小吃，是老汉口的记忆。

四季美汤包

四季美起源于1922年由汉阳人田玉山开设的"美美园"小吃店。当时，美美园内仅有几张半圆桌子、几条矮凳，就做起了小笼汤包和猪油葱饼的生意。食客吃了重口油腻的饼子后，又会吃半笼皮薄馅儿鲜的水包子来调调口味，甚是舒畅。

后来，店名为"四季美"，意为一年四季都可享受的美食。由于小汤包越来越受人们欢迎，就干脆专做汤包了。

四季美汤包最大的特色就是馅足汁多，每一个都很饱满，而且是现包现

蒸。汤包的种类也很多，有虾仁汤包、香菇汤包、蟹黄汤包、鸡蓉汤包、什锦汤包等。四季美的汤包做得小而美，蘸上配好的姜丝醋汁，一口一个别提有多爽了。

常言道："心急吃不了热豆腐。"如果心急的话，同样也吃不了热的汤包。我的一个同事，他是地道的武汉人，对四季美的汤包有着特殊的感情。他曾告诉我说："我小时候吃四季美的汤包时，经常被汤汁烫得不轻。因为性子较急，一口咬下去，一股汤汁瞬间喷涌而出。虽然烫口，但那正是它正宗的味道，是我们儿时记忆的味道。"的确如此，百年老字号的四季美汤包承载了一代武汉人的记忆。

让四季美名声大噪的人，是老板田玉山从南京请来的烹饪好手徐大宽师傅。在徐师傅的建议和改良下，武汉人吃上了风味独特的蟹黄汤包。他在用料上非常严格，肉皮要绝对新鲜，肉馅必须是"一指膘"的精肉，蟹黄选自阳澄湖的大鲜蟹。在做法上，他先熬皮汤、做皮冻，再做肉馅，然后制包，最后控制火候到位。四季美在质量上下狠功夫，很快吸引了很多顾客，使得四季美汤包声名远播。

我第一次吃四季美汤包是在户部巷。当时，我的一个邻居朋友经常在我面前说汤包有多么好吃，让我动了心。刚好有一天，我和同事一起路过户部巷，就直接去了四季美。第一眼看到四季美的招牌，我就有种耳目一新的感觉。

四季美汤包

走进店内，食客非常多。这里的大部分食客是外地来武汉游玩，专门过来品尝四季美汤包的。我们排队点了几种口味的汤包，因为我们觉得，既然来吃了，就一定要吃得尽兴。当几笼小汤包摆在我们面前时，我立刻被惊住了。只见小汤包白皙而丰润，小巧而细腻，宛如南方的美女。

我一看这汤包，和传闻的一样，"小而美，皮薄、鲜嫩"。我忍不住夹起一个就一口咬下去。"哎呀……"我心中猛地一惊——这刚出笼的汤包，不仅汤汁多，还极易烫口。不过，美味的汤包入口即化，味道异常鲜美！

在吃第二个时，我就掌握了方法。先咬破汤包的表皮，慢慢吮吸尽里面的汤汁，再吃面皮和肉馅，这样既不会让汤汁涌出来，又能品尝到四季美汤包独特的美味。我的同事也一连吃了几个，一脸的满足，并大赞好吃。

我们一连吃了几笼，仍旧意犹未尽，那余香还留在唇齿之间。我记得，曾经有人说过："没吃四季美的汤包时，就不懂它的味。一旦品尝过一次，你就会喜欢上它的美味。"这的确没错，自那次吃了之后，汤包那皮薄、汤多、馅嫩、味鲜的独特风味深深地打动了我，以后吃其他小汤包时只觉索然无味。

后来，我一个人一连好几天都去了户部巷，只为了吃到四季美的小汤包。虽然有点远，但感觉一切都是值得的。

这一切，都是源自美味的汤包。

四季美汤包的独特风味，不仅受武汉人喜爱，而且在全国积累了很高的名气。它不仅代表了一个地方的美食，更代表了一个地方的风土人情。有时，我们并不仅仅是在吃一种美食，更是在回味一个时代的记忆！

可以说，四季美汤包，是属于一个时代的独特美味，无法复制。真是"此味只应天上有，人间哪得几回尝"！

34. 白雾散、银菊朵朵开的顺香居蜡梅

提起武汉的小吃，除了大家所熟悉的蔡林记热干面、老通城豆皮、四季美汤包、小桃园鸡汤等，顺香居的烧梅也很有名。

说到烧梅，或许外地人都不知道是什么小吃，因为只有湖北武汉才这样

叫，为此还闹出了一个笑话。一个外地来武汉的旅客，在武汉一家小吃店看到价目单上写有"烧梅"，他就点了一份。但让他惊讶的是，端上来的却是一笼像包子一样的东西。

他一时没有缓过来，就去问老板："烧梅怎么变成了包子？"老板解释说："湖北的烧梅也就是北方的烧卖，只在武汉才这样叫，但它们做法上差不多，只是馅料上有区别。武汉的烧梅很有特色，讲究的是重油中融入肉丁、香菇和笋，再佐以黑胡椒调料，使得烧梅绝对香、滑。"

"哦。"听了老板的解释，这名游客才明白过来。他品尝了烧梅后，一个劲儿地夸赞好吃。

据烧梅师傅介绍，之所以武汉人叫它烧梅，是因为在做烧梅的面皮时，都是擀出一个梅花边；蒸熟时，就会变成如同一朵朵绽放的梅花。顺香居的烧梅在武汉乃至全国都小有名气，原因在于顺香居在近五十年的时间里，只专心做一件事，成就了今天的顺香居烧梅。

其实，武汉有很多餐馆都会做烧梅，但是做出名气来的只有几家，如花楼街的顺香居、车站路口的范记、六渡桥的福庆居等。若以"重油烧梅"而论，顺香居的烧梅最为有名。油重而不腻，形如银菊，味道鲜美，让人看了很有食欲。

我记得第一次吃烧梅，是在小区楼下的早餐店里。当时，曾一度以为它是最好吃的。我是在朋友的推荐下，去了汉口花楼街的顺香居。第一次走在花楼街上，感觉街道有一种古朴的气息。

来到顺香居门口，看见里面排起了长队。我们排着队，满心期待顺香居烧梅的美味。烧梅端上桌后，那漂亮的梅花状，如同绽放的花朵，简直让人不忍食之。也许，能做出如此美丽的梅花边，靠的就是"走槌"。

烧梅

第四章 ◆ 特色小吃：清风醉，扶摇直上九万里

093

旧食光 老情怀 正是江城遍地炊烟时

看着热气四溢、浓香扑鼻的烧梅，我夹起一个就吃了起来，虽然里面放了肉丁，吃起来却一点也不油腻，味道鲜美，入口香、辣、滑。吃了顺香居的烧梅，才知天下竟还有如此美味。后来再吃小区早餐店里的烧梅时，总感觉吃不出顺香居烧梅的味道。

顺香居能把烧梅做得如此好，跟他们"精益求精，以人为本"的发展理念是分不开的。在顺香居内部还流传着一句话："菜品如人品，做菜如做人。"这也是顺香居能保持这么多年立于市场不败的原因吧。

顺香居在选料和做法上都有严格的要求。在选料上，首先精选用料，如上等精制白面、肥瘦相间的猪肉、橘饼、豌豆粉、新鲜花生米、葡萄干等多种配料。在做法上，首先将一些配料切成小丁，略微一炒，再用红绿丝、桂花、白糖调和成馅。接着，将面粉反复揉和，再压搓成条后切成小段。然后，用擀面杖将每个小段擀成荷叶似的面皮，包裹上精心准备的馅料，并加入少许麻油。最后，将包好的烧梅放入蒸笼中，用旺火蒸熟。

顺香居烧梅的口味给我留下了很深刻的印象，从那次品尝以后，恨不得天天早餐能吃上顺香居的烧梅。但毕竟武汉市也就只有几个地方才有顺香居烧梅，如果想天天吃，实在是颇为不便。我在一段时间里特别想念烧梅，纵有山珍海味，在烧梅面前，也是黯然失色。

我有一个邻居朋友，他和他爸妈的住处相隔有十多站路程。他妈妈知道儿子最喜爱吃的就是顺香居的烧梅，但因为住得远，购买不便。于是，她就经常过来给儿子送顺香居的烧梅吃，即便天气不好，也一如往常——这似乎已经成了她的习惯。

每次我碰到她过来，都会热心地喊一句"阿姨"，她也会微笑应答。只要一碰到她，就会让我想到自己的妈妈。所以我很羡慕这位邻居朋友，天底下也只有父母才会这样风雨无阻地为子女付出一切。

顺香居的烧梅不仅口感独特、味美，更令我动容的是他们能几十年如一日地做同一件事情，把烧梅做到极致。这种把事情做到极致的精神，不管是在我们生活还是工作当中，都是值得我们去深思和学习的地方。

烧梅，不仅是我们不得不吃的美食，更重要的是，它能唤醒我们无数人的味蕾记忆。我生活中的一杯热烧酒，全融在了顺香居的烧梅里。

35. 鱼儿背后的故事只讲给糊汤粉听

武汉坐落在长江之畔，是一个蕴含鱼米之乡气息的大都市。

到武汉，热干面是必须去吃的。不过，有人认为，最能代表武汉特色的小吃其实是鱼糊汤粉。在这座以"鱼米之乡"著称的江城，吃一碗鲜美鱼香的糊汤粉，或许才是领略汉味经典的绝佳方式。

鲜鱼糊汤粉是武汉著名的小吃，通常与油条搭配吃，被誉为"武汉一绝"。清晨，在和煦的阳光里，吃一口汤粉，撕一口油条，这是人生当中最大的满足。

我的一个同学，他家在武汉一家菜场里卖鱼。因为懂鱼，知道鱼的营养很丰富，所以，他妈妈每天早上雷打不动地为他准备一碗鲜鱼糊汤粉。在挑选鱼上，他妈妈为他选的是两三寸长的野生小杂鱼或者小鲫鱼。因为常吃鱼不但可以提高记忆力，还能提高思维能力。

在制作鱼糊汤粉时，鱼的使用量至关重要，放多了可能使汤变得腥气，放少了则不够鲜美。由于他妈妈长期卖鱼，对鱼的处理非常熟悉。她会先将鱼去鳞、去鳃，剖开肚子清除内脏，然后洗净，接着进行熬制，直到鱼肉熬得脱形，鱼之精华全融进汤里。然后再滤去汤汁中的鱼渣。最后，用生米粉调成糊状，与鱼汤混合，鲜美的鱼糊汤粉便制作完成了。吃了这样的鱼糊汤粉，会让你有种吃鱼不见鱼的奇妙感受。

由于他妈妈的精心照料，我同学不仅人长得白白胖胖，而且头脑真的很灵活。他曾说过："我最爱吃妈妈做的鱼糊汤粉，一天不吃，就闷得慌。"

虽然武汉大街小巷都有卖鱼糊汤粉的店，但想要做好一碗鱼糊汤粉，也绝非一件容易的事。

我的外婆也喜欢吃鱼糊汤粉，她吃过武汉不少店的鱼糊汤粉，只有几家能入得她的口。户部巷有家做得不错，每次去，都会排很长的队。还有花楼街的一家店，历史悠久、风味独特，名扬三镇。再就是外婆家附近的一家店，一碗鱼糊汤粉，二十年来如一的口味，是外婆去吃得最多的一家。

旧食光 正是江城遍地炊烟时
老情怀

鱼糊汤粉

  常听外婆讲,她喜欢吃鱼糊汤粉中的粉。这种粉跟一般的米粉相比,洁白细长,口感柔韧;而其汤汁,鱼香扑鼻,汁浓鲜美。受外婆的影响,我去了外婆常去的那家店,吃了碗鱼糊汤粉。

  那家店是由一楼住房经过改造而成的。店内打扫得干净整洁,桌椅摆放得也很整齐。这家店主要经营鱼糊汤粉和油条,一做就是几十年。

  那天去时,我还记得食客不多。当时点了鱼糊汤粉和油条——听外婆讲过,鱼糊汤粉天生要与油条搭配着吃,所以我也要了根油条。

  当鱼糊汤粉端上来时,一股浓烈的鱼香扑面而来,碗中那洁白的粉条在汤汁中若隐若现。我夹起一筷子米粉就吃了起来,米粉里渗透着各种味道,很嫩、很鲜,而且略带韧性。

  接着,我又喝了一口汤。热乎厚实的糊糊中含有浓重的胡椒味,超麻超辣,弹滑爽口。难怪外婆说好吃,果真是一绝。

  我也学着其他食客,将油条浸泡在汤汁里让其软烂。然后,一口米粉,一口汤汁,一口油条,吃得很是舒心欢畅。

  外婆离开这么多年了,这家店依然还在营业。将近二十年了,那碗鱼糊汤粉依旧还是那碗鱼糊汤粉，那口味依旧还是那口味。

有一天早晨，我与一个认识多年、在武汉生活了将近十年之久的朋友一起去办事。在过早时，我就建议他一起去吃鱼糊汤粉。他一听鱼糊汤粉，连忙问我："鱼糊汤粉是哪个地方的小吃，好吃不？"

我十分错愕，连忙问他："你在武汉这么多年，就不知道还有一个鱼糊汤粉吗？"

"嗯。这个我还真没注意。可能是我对吃的要求不高，常年在小区过早，比较单一。张老弟你也别笑话我，要不今天你就带我去尝尝鲜？"他一脸无辜地说。

"好吧，那我就带你这个'假武汉人'去吃一次。"既然他想尝尝，我就带他去了我外婆常吃的那家店。开车过去，不太远。

十几分钟就到了，当他下车看到这个店面有些破旧的早餐店时，他用怀疑的目光问："这就是你说的早餐店吗？"

"是。"我肯定地答道，"我们先进去坐，吃了再说。"我们进去后，找了一个空位坐了下来。这次，我还是同样点了鱼糊汤粉和油条。

老板娘给我们端上来之后，我让他先尝尝。他也没有犹豫，夹起米粉就送进了嘴里，接着又夹了几筷子，吃了起来。

我问他："味道怎么样？"

"不错啊，没想到鱼糊汤粉还真挺好吃的，味道很正。居然在武汉生活了几十年，还没吃过鱼糊汤粉。"他略显惭愧，但对吃上美味的鱼糊汤粉还是挺满意的。似乎觉得不过瘾，他又一口接一口地吃起来。

"老哥，你也别一直只吃米粉啊，那汤汁也可以喝一口尝尝啊！"他听我这么一说，才恍然想起来还有汤汁没有尝，就赶紧喝了一口，连忙夸道："不错，虽然能喝出鱼香味，但半点鱼的影子也见不到，牛！绝味！"

我听后大笑了起来。

曾有人说，因一个人而恋上一座城，而我因为一碗鱼糊汤粉，加深了对江城武汉的情感……

36. 我们与家的距离，只差一个欢喜团

在武汉，有一种美食叫"欢喜团"，你只需吃上一口，就能深深烙印在记忆里！

说起欢喜团，大家都不陌生。欢喜团又称"欢喜坨""芝麻球"，是湖北武汉、荆州等地的传统特色小吃，到现在已有百余年历史了。欢喜团由糯米粉滚成圆团，再裹上一层芝麻，经油炸后而成。因其色泽鲜艳、口味外脆内软而受到广大市民的喜爱。

关于欢喜团的由来，有几个版本的传说。

据传，荆州城内有一户陶姓人家，在清末因战乱走散，后来历尽艰辛一家人又团聚了。他们一家为了庆贺团圆，便找出了仅存的糯米，经淘洗、磨浆、沥干后，加入适量面粉和红糖搅拌均匀，再揉搓成小团后裹满芝麻，然后烹炸成了人们俗称的麻圆。

让陶家人没想到的是，制作而成的麻圆外焦里嫩，糖汁四溢，吃后满嘴芝麻香，一家人吃得十分开心。为了纪念此次合家团圆，就将此麻圆称为"欢喜团"。陶家人也因会制作欢喜团而闻名四方乡邻。

欢喜团

我第一次吃欢喜团时，它就惊艳到了我。

当时是我们部门几个人在一家酒店聚餐。在我们酒过三巡、菜过五味后，最后上了一盘欢喜团。第一眼看到色泽鲜艳、晶莹别致的欢喜团时，我瞬间来了兴趣。我一个朋友见我感兴趣，就劝我尝一下，并说："这是欢喜团，味道很不错的，而且烹炸出来里面是空心的，外焦内嫩。这样的欢喜团在一般的早餐店是买不到的，因为他们没有这种烹炸技术。"

"哦，这样啊，我尝尝。"我应道。我立马夹起一个欢喜团，在夹起时感觉欢喜团很轻，还没靠近嘴边，就有一股芝麻香扑鼻而来。

我轻轻咬了一口，外脆内嫩，味道醇厚，芝麻香残留在唇齿间。我当时的第一感觉是，真是太好吃了。后来，我走了不少武汉的大街小巷，确实很少有人会烹炸欢喜团。在个别早餐店也有欢喜团，但吃后感觉很厚重，味道也差得有些远。

欢喜团受人们喜爱还有一个原因，那就是它的营养价值很高。欢喜团的主要食材是糯米和芝麻。糯米富含B族维生素，能够温暖脾胃、补中益气，对食欲不佳、脾胃虚寒、腹胀腹泻等还有一定缓解作用。

而芝麻富含卵磷脂和亚油酸，不仅有调节胆固醇的作用，还能增强记忆力，预防头发早白脱落。有中医学者认为，芝麻有补肝肾、益精血、润肠燥、通乳的功效。据《神农本草经》记载，芝麻"主伤中虚羸，补五内，益气力，长肌肉，填髓脑。"

有一次，我又跟那位朋友聊起了上次一起吃的欢喜团。因为我对那次吃的欢喜团一直念念不忘，总觉得无人能出其右。朋友认为我说得太过偏激了，在武汉能做得好的大有人在。

这个我也不否认。

他又跟我提到，他一直喜欢吃欢喜团，可以说是吃着欢喜团长大的，在小时候就把欢喜团当零食吃。据他介绍，他小区的楼下就有一家烹炸欢喜团的早餐店，从开始经营到现在已有几十年的时间了。他从小就吃那家店的欢喜团。不仅他爱吃，他爷爷健在时也爱吃，并且逢年过节，他们都会备点欢喜团，这样显得更有气氛些。

我一听到这家店烹炸欢喜团已有十几年的时间，就非常好奇，便委托他

第四章 ◆ 特色小吃：清风醉，扶摇直上九万里

给我带几个来吃。第二天一早就见他给我带了欢喜团，一眼望去，跟我那次在酒店吃的基本一样，并且显得很精致。

眼馋的我，拿起欢喜团就吃了起来。虽然是小店，但其烹炸技术丝毫不比那酒店差。扑鼻的芝麻香，让我几口就吃完一个，还不过瘾，又接着拿起一个吃了起来。朋友见我那猴急样，一直忍着笑，直摇头。

后来，我无意中听外地一个朋友说，在四川成都有一种特色小吃也叫欢喜团。虽然名字是一样的，但做法等方面都不同。他们主要以炒米作为原料，将其精心制作成一个个小团状。这些米团会用线穿起来，形成或大或小、形态各异的串珠状；还会对这些米团进行各色点染。值得一提的是，《绵城竹枝词》中也曾提及这种独特的民间小吃：

> 欢喜庵前欢喜团，春郊买食百忧宽。
> 村醪戏比金生丽，偏有多人醉脚盆。

这也只是听说，我对成都的欢喜团虽然也是垂涎三尺，但一直没有机会品尝。对于吃货来说，吃，是一种态度，一种情致，一种乐趣，更是一种人生。同时，我是一个怀旧之人，所以对欢喜团的喜爱从未减少，反而是天天盼望能吃到。

欢喜团，它不仅仅是一种美食，更显现了一种美食文化，一种地域风俗文化。我们不仅要品读美食，更要懂得赞美生活，感恩生活赐予我们人生美好的一切。

在以后与朋友的聚餐当中，我大都会特意点上一盘欢喜团，因为有了欢喜团，更增添了喜庆。也许，对于一些外来务工人员来说，他们与家的距离，就只差一个欢喜团。

37. 面窝，陪我排队的外婆最好这口

说起面窝，武汉人再熟悉不过了。

只要天一微亮，武汉街头巷尾的各早餐店就已做好了开门迎客的准备。一个摊前围着一圈人，就知道这十有八九是炸面窝的摊子了。

有人说过，美好的一天从早餐开始！

早晨醒来，一边喝着豆浆，一边等着新鲜出锅的面窝，这样的生活再惬意不过了。

面窝跟热干面一样，是武汉人最喜爱的小吃之一。因制作简单，面窝的摊点遍及武汉三镇的大街小巷。

面窝

面窝，是武汉特有的小吃。据传，它创始于清光绪年间，当时有一个名叫昌智仁的人，在汉口汉正街集稼嘴附近做烧饼生意。因烧饼生意不好做，他就想方设法地创新早点品种。经过反复琢磨，他让铁匠打磨出一个中凸且呈窝形的铁勺。他把大米、黄豆混合磨成的米浆浇在铁勺上，撒上黑芝麻，再放到油锅里烹炸。几分钟就能做出一个边厚中薄、色黄脆香的圆形米饼。

因其吃起来厚处松软、薄处酥脆，味正，所以受到人们喜爱。昌智仁将此圆饼取名为面窝，面窝流传至今已有一百多年了。

面窝是我外婆的最爱。

一早起来，无论摊前有多少人等，她都能耐住性子等新鲜出锅的面窝吃。她曾说过："每天早起吃几个香喷喷的面窝，心里才会觉得踏实。"她对面窝的热爱，超过了所有的山珍海味。可以说，她是无面窝不过早的人。

在外婆的影响下，我也吃得较多。吃任何早点，她总会给我搭配一个面窝。面窝在后来的改良中出现了很多口味，有米面窝、苕面窝、萝卜丝面

第四章 ◆ 特色小吃：清风醉，扶摇直上九万里

101

窝、豌豆面窝、虾子面窝、鱼面窝。当下主流还是米面窝，我也较喜欢吃米面窝。

我以前听一个同学说过，他小时候买一个面窝才五角钱，因家中贫穷，每天过早最多只能买一个面窝吃。当时，他才八岁，正是馋面窝的年龄。有的小朋友一次性拿五个面窝，仰面大口吃，他一见就无比妒忌和羡慕。

他小时候曾暗暗发誓，若以后赚了钱，就一次买很多面窝，一次吃个够。但当他长大了，赚到了人生第一桶金时，人却不在武汉，无法吃到家乡的面窝。他说浓浓的家乡味是他吃一辈子也吃不够的。

虽说叫面窝，但它并非麦面，而是用大米和黄豆磨成的混合米浆，经油炸而成。各种面窝在做法上大同小异。首先，将大米、糯米和黄豆泡上十小时左右。然后，将泡好的大米、糯米和黄豆加入少量的水，磨碎，成为混合米浆。接着，在米浆中放些精盐、葱花、姜末，搅拌均匀。最后，将米浆浇在铁勺上，撒上黑芝麻，放到油锅中烹炸至两面都呈金黄色，捞出即成。

直到现在，面窝依旧深受武汉人喜爱，就连外省的旅客，也是垂涎三尺。我上学时，就有一个与面窝有关的爱情故事广为流传。

在武汉高校有一个男生，毕业后就去了西藏援教。在他所援教的学校，有一个当地毕业来教书的女教师。她从没有踏出过西藏，但从书上看到湖北武汉有一种金黄色的面窝，非常好吃，一直想去武汉品尝一下。

在他去西藏的第一天，她得知他是从武汉来的后，就专门问他："武汉是不是有一种金黄色的面窝，很好吃？"

他认真地点了点头，说："是的。"

然后，她就沉默不语。他一开始感觉有点莫名其妙，但不久，他从她的眼神中看出了渴望。

"可能是她想品尝一下我们武汉的特色小吃面窝吧。"他内心想到。于是，他就记在了心里。在放假准备回武汉探亲时，他就抓住机会盛情邀请她一起去武汉走走、看看。

当时，她很是惊讶，但瞬间转为惊喜。她考虑了几十秒后，就兴奋地点了点头。

那一次，那男生不仅带她去吃了面窝，还吃了热干面等武汉特色美食。

因为相知和投缘，最终他们也因一个面窝走到了一起。

面窝不仅是一种好吃的美食，更是一种熟悉的回忆！

这么多年过去了，一看到曾经和外婆一起吃面窝的那家店，就会想起外婆来。店还是那家店，老板还是那位老板，面窝还是那个面窝，但外婆已离我而去了。

就在前天，我还收到了那位爱吃面窝的同学发给我的一段话：面窝，不仅是一种童年的味道、一段童年的回忆，更是一种浓浓的家乡情。无论走到哪里，总有那么一种味道在时时刻刻召唤着你，那就是家乡的味道。

38. 非物质文化遗产，谈炎记水饺算一份

说起饺子，中国自古就有吃饺子的习俗。饺子历史悠久，深受老百姓喜爱。在民间，至今还流传有"好吃不过饺子"的俗语。

据学者考证，饺子应是由"馄饨"发展而来。唐代段公路的《北户录》载："颜之推云：'今之馄饨，形如偃月，天下通食也'。"这种偃月形的馄饨即是饺子的形状。

宋代称饺子为"角儿""角子"，元代称其为"扁食"。明代刘若愚的《酌中志》记载："正月初一日正旦节……吃水点心，即扁食也。或暗包银钱一二于内，得之者以卜一年之吉。"后来，还有"饺儿""饺饵""水点心""煮饽饽"等诸多称谓。

据清朝有关史料记载："元旦子时，长幼皆盛衣冠，具香炬酒茗，拜天地祖先，贺堂上亲长，设盛馔为寿，饮屠苏酒，食面角子，取更岁交子之义。"其中，"更岁交子"一般是指年三十晚上，包好的饺子要放到半夜子时吃，寓意新年伊始，以示辞旧迎新。

千百年来，作为贺岁食品的饺子，一直受到人们的喜爱。

逢年过节，一家人围炉包饺子是一件最幸福的事。边包饺子，边聊天儿，天南地北，无所不聊，其乐融融。

旧食光 老情怀 正是江城遍地炊烟时

水饺

其实，饺子分两种吃法，一种是汤和饺子盛在碗里一起吃，另一种是把饺子捞出后放在盘子里吃。而且，现在也不只是过节时才吃饺子，它作为我们的一种特色小吃，每天早晨就可以吃到。

在江城武汉，有一家特色的水饺馆，你食过后，会一直对那里的水饺念念不忘。那就是享誉武汉三镇，被人们称为"水饺大王"的"谈炎记"水饺。

谈炎记水饺创始于1920年，在武汉地区有着百年历史。二十世纪二十年代，黄陂人谈志祥下汉口挑担卖起了清汤水饺。当时，他为了与其他同行区别开来，选用最好的猪筒子骨和猪蹄、肉皮熬原汤，以独特的风味赢得了食客们的普遍赞赏。

老汉口人都知道，谈炎记水饺之所以久负盛名，在于它的独特之处。它有两大特点：一是鲜，二是热。另外，水饺汤里还会加猪油和虾米，使汤中的油珠晶莹透明，异香扑鼻。那虾米是挑选浙江一带上好的货。吃水饺时，老汉口人不仅会把水饺吃个精光，还会将汤汁一饮而尽。

水饺

　　我不知怎么回事，从小就不太爱吃饺子。以前吃的饺子，都是妈妈买来饺子皮和肉馅自己包的。那味道也是不言而喻，皮不但厚，肉馅也较腻。所以，我自小对饺子提不起兴趣来。

　　我偶然吃了一次谈炎记水饺后，彻底颠覆了以前对饺子的认知。

　　那天，也不知什么原因，公司食堂停电停水，没有午饭吃。我同事突然说请我出去吃水饺。当时我就蒙了，心想中午吃什么水饺，就回绝了。但是我同事非得拉我去，并保证说那水饺好吃。我拗不过同事，就跟他去了。

　　当时，他神秘兮兮地带我去了谈炎记水饺。那时，我也很清楚谈炎记水饺在武汉的名气很大，只是一直没有去品尝过。

　　既来之则安之。我们选了座位，各自选了几两水饺。水饺端上来时，第一眼看上去很清爽，葱、姜漂浮在汤汁上。

　　"吃啊，看好吃不。"我同事笑道。

　　"好。"我应道，随即用汤勺舀起一个水饺就送进了口里。一口咬下去，那水饺皮薄如纸片，肉馅鲜嫩，味正、鲜美，爽心润腹。不错啊，居然能把水饺做得这么好吃，我心里默念。

　　"好吃吧？"我同事问。我也不好意思答他，换一个话题问："你怎么

第四章　◆　特色小吃：清风醉，扶摇直上九万里

105

知道这里的水饺好吃呢？"

"哈哈，我当然知道啊。"我同事大笑说，"我从小最爱吃水饺了。那时，我奶奶最疼我了，经常给我包水饺吃。来武汉后，我把武汉的水饺店都吃了个遍。"

"哦哦，原来如此。"我应道。

"那时，家里很穷，还有一个妹妹在读书，家里压力很大。我爸妈不同意我读高中，想留点钱给妹妹，让她也读点书。但当时我奶奶不同意，她砸锅卖铁也要送我读书。"一提到奶奶，我同事似乎有说不完的话和思念。

我点了点头。我同事突然摘下眼镜，抹下眼睛，哽咽了一下说："不说这些了。谈炎记在2012年成功申请到了武汉市非物质文化遗产。而且，你吃的这薄如纸片的水饺皮，都是人工一张张擀出来的，他们非常敬业。"

"是的，不仅薄，还有嚼劲。"我应道，"刚才喝了几口汤，异常地香，真好喝。"

"哈哈，好吃就行。"我同事又大笑起来。

后来，实在又想念那水饺的味道，我一个人还专门跑去吃那谈炎记水饺，甚至还打包带回家吃。作为武汉的风味小吃，延续了百余年历史的谈炎记水饺，名声远扬至今不衰，靠的是精益求精的精神。经过百余年的打磨，流传给世人如此惊艳的作品。如今，我只要一品尝到水饺，就很容易想起谈炎记的水饺。

39．鸭脖，啃你没商量

鸭脖，对武汉人来说，那是无人不知无人不晓。它既是武汉的传统小吃，又是武汉的特产。逢年过节，走亲访友，带上一份鸭脖，那是最显大气的礼品。

鸭脖，又名酱鸭脖，它起源于清代洞庭湖区的常德，后来从湖南流传至湖北和四川，近年来已风靡全国。在武汉，以周黑鸭、绝味等为首的鸭脖卤味占据了零食界的一半份额，其中以周黑鸭最为出名。

鸭脖本身食之无味，但为何如此受武汉人喜爱呢？

鸭脖为酱汁类食品，它采用红辣椒、花椒、八角等几十种纯天然香料进行浸泡，然后经风干、烤制等工序精心烹制而成，成色深红，具有辣、麻、咸、酥、绵等特点，嚼劲十足，食后回味无穷。

我记得第一次吃鸭脖是在上中学时，有一个同学给了我半截鸭脖。吃第一口时，一股麻辣味直入心田，肉质紧密、香辣爽口、味道醇厚，好吃极了。我当时没敢吃快，生怕几口吃完了。从那时起，我才知道天下还有如此好吃的鸭脖，食后还满口留香。

当时，我忍不住就问同学："这是什么鸭脖？"我同学响亮地答道："周黑鸭。"在那时，周黑鸭三个字，就深深地印在我的脑子里。

有一段时间，我非常想吃周黑鸭，但又不好意思开口向父母要钱去买。直到上大学后，有一回我们几位室友合伙买来了几根鸭脖、一些卤菜和一箱啤酒，酣畅淋漓地聊了一晚上，好不惬意。那次是我人生当中第二次吃周黑鸭。至今，我最喜欢的还是鸭脖那种辣中带麻、麻中带香的味道，食后念念不忘。

也许，有的人食辣怕上火。的确，麻辣的食品容易导致上火，但鸭脖不会，你可以大胆地去吃。中医认为：鸭属凉性，经常食之，平肝去火，它还具有益气补虚、降血脂及养颜美容等功效。

鸭脖

第四章 ◆ 特色小吃：清风醉，扶摇直上九万里

旧食光 老情怀 正是江城遍地炊烟时

有一次，我去买周黑鸭，就顺便问店员："周黑鸭是怎么制作出来的？"那店员告诉我说："周黑鸭的配方是老板周富裕在1997年自行研发出来的，而且我们企业为了保证产品质量和维护品牌，至今保持着'不做加盟、不做代理、不传授技术'的直营理念。所以我也没法回答你。"

"哦。"我点了点头，也不便多问。二十几年来，周黑鸭一直保持着独特风味，深受市民喜爱。

曾经，有一个女同学告诉我，她的缘分就开始于鸭脖。因为她特别喜欢吃卤食，尤其爱吃鸭脖。那天，她去买鸭脖时，认识了同是来买鸭脖的阿军。由此，阿军对美丽大方的她展开了强烈的追求。

后来，我问她："他是用什么方式追求到你的呢？"她回忆说，阿军会定时给她送她喜欢吃的鸭脖，还有其他美食。慢慢地她就觉得他很细心、体贴，就答应做他女朋友了。

我当时就笑她，估计是被鸭脖这种美食俘获了芳心吧？她只是笑笑，没有回答。在相处中，他们也闹过一些不愉快，都是阿军买来鸭脖把她给哄好的。可惜的是，大学毕业后，他们为了前程各奔东西，久而久之，就分开了。

近日，我看见她更新了一条朋友圈，说想吃鸭脖了，并配了一张鸭脖的照片。我不知道她是怀念鸭脖，还是在怀念那段感情，但不可否认的是，她确确实实想吃鸭脖了。

以前，我在网上看到一则报道：有一个年轻人，毕业后就忙着打拼事业，生活变得不规律起来，不知不觉中透支了自己的健康，导致健康状况越来越差。在一次检查中，他被查出患有末期尿毒症。医生当即给他下了病危通知单，并要求他住进重症监护室。

从检查出病因的那一刻起，恐惧、绝望压得他几乎喘不过气来。高昂的透析费和药费压着他。他的同事和朋友看在眼里，急在心里，就想着给他捐款，但遭到了他的拒绝。他说："到我店里买东西可以，但给我捐款我不接受。"

他生病之前，开了一家"爱心鸭脖"店。目前，这店是他妈妈在帮他打理。他的一位同学通过社交媒体发了一篇文章，详细讲述了"爱心鸭脖"店的老板的不幸遭遇和他平日里对顾客的关爱与热情。微博发出后，转发有上千次，有表达鼓励的，有赶过去消费的。一时间，感动了千千万万的网友。一根鸭脖，感动了一座城，温暖了人心。

我的一些外地朋友曾跟我说过，如果去他们的所在地方，不要给他们买东西，如果非得买的话，带几根鸭脖就行。我时刻铭记着这句话，我也时刻践行着这句诺言，只要去了必带鸭脖给他们。

此时，我只想说："鸭脖，鸭脖，啃你没商量！"

40. 糯米鸡的内心包裹着大秘密

武汉的早餐太过丰盛，只要生活在武汉的人都知道。就算吃上一个月，早餐也不会重样。在这座充满美食的江城里，美好的一天都是从早餐开始的。

在武汉众多小吃里，有一样小吃是让人百吃不厌的，那就是糯米鸡。糯米鸡是武汉名优风味小吃之一，用糯米、香菇、五花肉、笋、干子等食材先蒸煮，再搅拌成型，最后油炸而成。虽名叫糯米鸡，但里面并没有鸡肉。它因外表金黄，表面凹凸不平，形如鸡皮而得名。

我从小就喜欢吃糯米鸡，但吃了好几年还一直不知道它的大名。每次走到小摊前，我就会跟老板说"拿两个坨坨给我"，老板就会包两个糯米鸡给我。好几年了，一直没有人给我纠正过。

我还记得，第一次吃糯米鸡时，就被第一口咬下去吃到的美味深深地打动了。那爽滑酥嫩的口感，外焦内软的质地，以及菌菇的鲜香和肉的绵香，阵阵刺激着味蕾，直接美到了心田，令人回味无穷。对于我们来说，世间万物，唯生活和美食不可辜负。

口口糯米鸡，是儿时戒不掉的记忆。

我的一位年近半百的同事，平时的最爱就是糯米鸡。而且，这么多年了，他只吃同一家的糯米鸡，没有去别的店吃过。

他常去吃的这家店在他们街坊已开了二十多年，不少人跟他一样，从少年吃到了中年。这家店最大的特色是，二十多年来，糯米鸡的味道一直没有变过。这家店的老板也从中年步入了老年。

旧食光 老情怀 正是江城遍地炊烟时

糯米鸡

听同事讲，这家店很受街坊欢迎。好奇心使然，我与同事一早就去了那家店，想去品尝一下糯米鸡。还没到店，远远地就看到老板正在油锅里烹炸糯米鸡。煎炸的过程中，并没有"刺啦啦"的嘈杂声。只见油锅里的糯米鸡一沉一浮，外皮渐渐变得金黄。

"老板，你这油锅的火是不是太小了？"我不解地问道。

"煎炸糯米鸡一定要小火，这样才能更加入味。"老板连忙解释说。

只见炸好的糯米鸡外表金黄而凹凸不平，形似圆形。光看着金灿灿的糯米鸡以及闻着它扑鼻的香气就教人垂涎欲滴。

"老板，先给我们一人拿两个。"我说。

"好嘞。"老板应道，并拿好了递给我们。

我接过老板的糯米鸡就咬了一口，似乎瞬间回到了儿时。糯米鸡外焦内嫩，口感饱满，回味悠长。好奇心使然，我就问老板这是怎么做的。

老板热心地答道："这个制作过程稍微有些复杂，我简单介绍一下。首先，将各类食材和调料准备好，如糯米、肉丁、香菇、盐、生抽、料酒、胡椒、老抽、姜末等。然后，将鸡肉或五花肉切块，用盐、胡椒、料酒、老抽等进行腌制。接着，热锅上油，将它们炒均匀后，把泡香菇的水倒入，将食材烧熟。最后，糯米加水蒸熟后，将烧熟的食材与糯米充分和匀，再将和匀的糯米捏成团，包裹住面糊，最后放入热油锅内煎炸而成。"

我听后，也是感觉很复杂，但不管怎么样，能品尝这样的经典美味，让我很满足。老板还接着说："为了糯米鸡口感好，让顾客吃到健康食物，我们每天都是用新鲜油煎炸。所以，这也是我们店受欢迎的地方。"我同事听到这儿，点了点头，对老板说的话予以肯定。这样的良心老板，我的内心早已给他点了一百个赞。

做菜如做人，凭诚信走天下。民间素有"做人要讲良心"的准则，良心做人，就是做人要讲道德。在这个浮躁与功利的社会里，糯米鸡的老板还能保持这份初心，真的难能可贵。后来，有几次我都是顺道过来买他家的糯米鸡吃。

也许时间久了，我们会发现，热爱美食跟热爱生活一样，是一种积极的人生态度。美食，之所以称为美食，在于它不仅仅是一种食物，更是一种美的存在。远看时，会让你赏心悦目；品尝时，会让你回味悠长！

糯米鸡不仅是我们儿时的味道，更是老武汉人的记忆。其独特的风味，久久缠绕在舌尖，萦绕在心里，令食客流连忘返。或许纵然有山珍海味，也比不过我们对糯米鸡的那份特有感情！

第五章 节令美食：四海归，江北江南水拍天

有一种美食，一吃就难以忘怀；有一种美食，一吃就是一片回忆。一份美食，一种情怀。我们用一种味道，记住了一个人，乃至一个时代。

41. 立春日，咬春吃春卷

"《四时宝镜》曰：立春日，春饼、生菜，号春盘。"这是《渊鉴类函》中记述的。从中我们可以看出，古代在立春日吃春饼已然成了一种习俗。除了春饼之外，春卷也是立春日人们经常食用的一种节庆美食。

春卷，旧时也称春盘，味香可口，是江南民间独特的风味小点。宋代名人蔡襄曾盛赞春卷的美味，留下"春盘食菜思三九"的诗句。春卷，流行于全国各地，在江南等地尤盛，甚至形成了部分地区过春节不吃饺子，而吃春卷和芝麻汤圆的风俗。

春卷在我国有着悠久的历史，历来在我国民间有着立春吃春卷的传统习俗。这个习俗延续了上千年，就像端午吃粽子、大年三十吃饺子一样。在立春吃春卷，也表达了人们辞旧迎新的美好愿望。

"春日春盘细生菜，忽忆两京梅发时。"这是唐代诗人杜甫写的《立春》。在古代，春日吃春卷的民俗风情由来已久。其中，"一卷不成春""隆盛堂的春卷——里外不是人"等耳熟能详的谚语，至今还流传着。

春卷

关于春卷,还流传着这样一个典故:

据传,宋时福州有个书生,为了参加应试,整天废寝忘食地埋头苦读,他妻子经常劝他也没有用。于是,她灵机一动,将米磨制成薄饼,再用菜和肉作为馅料,包成卷筒形状,这样既当饭,又当菜。后来,人们把这种小吃叫作春卷,并流行于城乡各地。

春卷的食材中富含多种矿物质,如钙、钾、镁、硒等,还有少量维生素,因包入的馅料不同,营养成分也不同。

我们家也有在立春吃春卷的习惯,每到立春,妈妈都会准备一盘炸好的春卷放在桌子上。春卷在桌上,金黄色的鲜艳色泽很是显眼,一口咬下去嘎嘣脆响,皮薄酥脆,馅料香软,别具风味。

我记得小时候吃春卷,都是抢着夹几个放在碗里,等米饭吃完了再把春卷当零食吃。那时候,很少有零食吃,春卷可以说是我们最好的零食了。当你拿着春卷吃时,身后时常会跟着一些嘴馋的小朋友。

那时,过节才吃春卷,就像备年货一样,需要提前一周准备。以前都是自己做皮,现在可以去超市买,皮越薄越好,里面的馅料想吃什么就包什么,随心所欲。通常有白菜、韭菜、肉末、萝卜、香菇等众多花样,做成咸味或甜味都可以。

在准备炸春卷时，需先将油加热至五六成热，并严格控制火候（否则容易炸焦），随后再将春卷放入油锅中烹炸。在春卷外皮逐渐呈现金黄色时捞出即可食用。我曾经不知道为什么要在立春日吃春卷，问过一些人也没有弄明白，不过现在知道了。

一到立春时，古人就会用面皮包着各种时令蔬菜，或蒸或炸。在清代潘荣陛《帝京岁时纪胜·正月·春盘》中，把立春吃春饼叫为"咬春"："新春日献辛盘。虽士庶之家，亦必割鸡豚，炊面饼，而杂以生菜、青韭芽、羊角葱，冲和合菜皮，兼生食水红萝卜，名曰咬春。"

一次周末，我突然想做一次春卷。

那天，我一早就跑到附近的菜市场买春卷皮。一到菜市场，就询问一些小摊贩有没有春卷皮卖，但一连问了好几家都说没有，顿时很失落。

我又问其中一位阿姨："哪里有卖春卷皮的？"

那位阿姨说："我这两年都不卖春卷皮了，因为平时买的人少，又麻烦又不赚钱。"

听到这话，我心里拔凉拔凉的。我不甘心，又去了附近的超市，还是没有买到。没办法，只能失望回去了。

在一次聊天儿时，我跟一位女同学吐槽很难买到春卷皮。她一听，很是惊讶，然后笑着说："可能只是你们那边没有，像我们小区附近的早餐店里常年都有卖春卷的，而且这些店的炸春卷还不错，味道也正。我经常在那里喝一碗粥，再吃一个春卷，好享受的。"说到这儿，她一脸的幸福。

我点了点头，不可否认。春卷早已从过节时才吃的食物，演变成了常见的菜或小吃。我那女同学很是用心，有一次见面，特意带了两个春卷给我。我拿起春卷，看着金黄诱人的色泽，香气扑鼻，就狠狠地咬了一口，瞬间发出嘎吱嘎吱的响声。那鲜香酥脆的春卷，立马让我找回了儿时的记忆。

小时候，只要一见父母在炸春卷，我们就会围在厨房里，一炸好就拿起来吃。如今，长大了，那种记忆也渐渐地模糊起来。

一卷不成春，万卷春如醉。那脆酥香嫩、别有风味的春卷，包含着人们几千年来的情感。一卷不成故事的春卷，却在我们心中成了永恒的故事……

42. 农历三月三，地米菜煮鸡蛋，你吃了吗？

农历三月三，你吃地米菜煮鸡蛋了吗？

每逢农历三月三，湖北地区依照传统习俗，人们会食用地米菜煮制的鸡蛋。因为在湖北民间不仅流传有"阳春三月三，荠菜当灵丹"的谚语，还有"春食荠菜赛仙丹"的说法。

我从小就知道三月三吃地米菜煮鸡蛋。以前听老人说过，三月三吃地米菜煮鸡蛋，一年当中腰腿不疼、头不疼。一到三月，山花遍野，以前在农村时，野外遍地是地米菜。那时，地米菜可以随便一摘就一捆。

每年的三月三，妈妈都会很早起床，用新鲜的地米菜为全家煮上一锅鸡蛋。新鲜的地米菜和鸡蛋一起煮，鸡蛋的味道十分鲜美。地米菜和鸡蛋煮上一会儿，就会飘出地米菜的清香，那种清香总能将睡梦中的我唤醒。

地米菜，即荠菜，别名野荠、鸡心菜、护生草等，在农村叫法有很多。中医认为，荠菜性味甘、凉，入肝、脾、肺经，有清肝明目、清热止血、利尿消肿之功效。荠菜营养价值很高，维生素C和核黄素含量极高，富含各种矿物质，还含有十多种氨基酸，可谓百蔬之冠。据古代医籍《名医别录》记载，荠菜"味甘，温，无毒。主利肝气，和中。其实，主明目"，而《本草纲目》中则有"明目益胃"之说。

"手烹墙阴荠，美若乳下豚。"宋代大诗人陆游曾这样为荠菜吟诗赞美，并说自己"春来荠美忽忘归"，可见其对荠菜情有独钟。清代"扬州八怪"之一的郑板桥也曾题诗画盛赞："三春荠菜饶有味，九熟樱桃最有名。"

地米菜煮鸡蛋

关于"三月三，地米菜煮鸡蛋"的来历，有过这样一个传说：

第五章 ◆ 节令美食：四海归，江北江南水拍天

115

旧食光 老情怀 正是江城遍地炊烟时

三国时期，名医华佗去一座大山里采药，途中偶遇大雨，就去了山脚下一个老者的家中避雨。华佗见这位老者常年患有头痛头晕症，痛苦不堪，就去这位老者家外的田野里摘来了一把地米菜，并嘱咐老者用此菜煮鸡蛋吃。老者照办，服蛋三枚，病即痊愈。此事不经意间传开了，人们纷纷取地米菜煮鸡蛋吃。华佗给老者治病的时间正好是农历三月三。从此，农历三月三，地米菜煮鸡蛋，在民间逐渐形成了风俗。

我至今还记得小时候，妈妈在那一天将煮好的鸡蛋特意染成红色，再把用线织成的一个鸡蛋网装上鸡蛋挂在我胸前。然后我就高高兴兴地去找小伙伴们一起玩，特开心。玩累了，玩够了，才会想到去吃这个鸡蛋，否则是舍不得吃的。

长大后，因为工作关系，很少记得这个节日。今年的一天，我上班路过菜市场时，看到有一位婆婆在卖地米菜，那时才恍然想起来，三月三马上就到了，很怀念在妈妈身边的日子。

我觉得，无论是否出门在外，三月三吃地米菜煮鸡蛋都是湖北人不可或缺的记忆和味道。于是，我在上班途中，就跟一位好友发了一条信息，信息内容是："三月三，你吃地米菜煮鸡蛋了吗？"

几分钟后，我就收到了好友回的信息，他说："吃啊，一定要吃的，今早我女朋友还专门去买地米菜用来煮鸡蛋呢。你呢？要不要过来吃两个或者我带两个给你？"

看到这条信息后，我沉默了片刻，又回了一条信息："谢谢，我自己可能会去做或者去菜市场买一个来吃。"发完后，我合上了手机。

下午，我们正好有一个例会。在例会结束时，领导问："谁还有没有需要补充的？"我就借此机会，认真地说："我想提一个建议，希望公司可以从人性化角度考虑一下，三月三，我们公司是不是可以为每一位员工准备一个鸡蛋呢？"

我一提完，在座的各位同事一致点了点头，觉得提议不错。领导听到后，不假思索地说："可以，我去安排这件事。"果真，第二天，我们中午吃饭时每人都收到了公司为员工准备的鸡蛋。

那天下班回来后，心情特好。在我进小区时，看见好友在门口等我。他一见到我，就立马把他女朋友煮好的鸡蛋送给我，这让我很是感动，连忙不停地说谢谢。我提着那袋沉甸甸的鸡蛋，心情无比复杂。我想，我如果在妈妈身边，一定早就吃到妈妈煮的鸡蛋了吧。但我没在妈妈身边，同样也吃到了很暖心的鸡蛋。

三月三，地米菜煮鸡蛋，我们吃的不仅是一种健康，更是一种情怀、一种难以忘怀的记忆。

43. 五月五，手拿香粽迎端午

浓情蜜意迎端午，千山万水"粽"是情。

一年一度的端午节，是中国传统的重要节日。这一天，人们不仅吃粽子，还要赛龙舟。

《渊鉴类函》记载："五日同夏至，风土记云：仲夏端午，谓五月五日也。俗重是日，与夏至同。"《说文解字》记载，"耑，物初生之题也"，"耑"，同"端"，为"初"的意思。端午，也就是初五。

在民间，端午吃粽子有纪念伍子胥、介子推、廉吏陈临、孝女曹娥、越王勾践等说法，但更多的是纪念屈原的传说。

粽子

旧食光 老情怀 正是江城遍地炊烟时

据南朝梁吴均的《续齐谐记》记载："屈原五月五日投汨罗水，楚人哀之。至此日，以竹筒子贮米投水以祭之。"意思是，屈原于农历五月初五投入汨罗江自尽，楚国人同情并怀念他。百姓于每年的五月初五将粽子投入江中，以防水族侵害他的身体。由此，五月初五这一天就有了人们包粽子、吃粽子的习俗。

到了唐代，诗人文秀还写了一首《端午》诗来纪念屈原："节分端午自谁言，万古传闻为屈原。堪笑楚江空渺渺，不能洗得直臣冤。"

我们知道，粽子形似"牛角"，古时称角黍。在春秋时期，人们用菰叶（茭白叶）包裹黍米，将其塑成牛角状，然后再用竹筒装米并密封烤熟。而到了东汉末年，制作粽子的方法有所演变：黍米会先用草木灰水浸泡，之后再用菰叶将其包裹成四角形，最后煮熟，这种粽子就成了广东特色的碱水粽。到了晋代，粽子才正式被定为端午节庆食品。

每逢端午节这天，街头巷尾都是粽子飘香。记得小时候，每逢端午节家里都会包粽子，首先要将准备好的叶片卷成一个漏斗状，左手拿好，右手将米倒进"漏斗"里，然后再将叶片翻过来……看着这一系列动作，自己当时凑热闹也要包，但怎么也包不成。

端午节的早上，天微微亮，厨房里就弥漫着粽子的淡淡香味。那诱人的香气，令人垂涎三尺，顾不上洗脸漱口就从锅里提出一两个来吃。那滚烫的粽子，让我不得不在左右手中换来换去，还不停地吹气。妈妈看到我这猴急的样子，哭笑不得。

在做粽子前，父母都会问我们喜欢吃咸的还是甜的。小时候的我最喜欢甜食了。待粽子稍微一冷，就迫不及待地剥开粽叶，那香糯软滑的粽肉立马就显现在眼前。蘸一点白糖，就立马送进嘴里慢慢吃起来。粽子不腻不黏，甜味、香气直接沁入心间，真是太好吃了。那一刻，感觉是最幸福的了。

我记得上大学时，我的一个室友回校时带了一些粽子来，说是他妈妈让他带给我们吃的。虽然离家的路程不是很远，但带粽子过来还是多有不便。我们怀着感激的心情，一层层剥开粽叶，慢慢地咀嚼起来，味道挺好的，吃出了儿时的味道。那一刻，我第一次有了思乡之愁……

后来，随着年龄的增长，就很少吃到家里做的粽子了。但是，一到端午节，武汉大街小巷就挂满了清香的粽子。粽子馅有夹蛋黄的、肥肉的、火腿的、红枣的、烧鸡的、烧鸭的，等等。口味上既有咸的，也有甜的，品种多样，琳琅满目，可根据自己的口味来选。这些不同口味的粽子可以换着吃上一个月。

有一年端午节时，我就去了菜市场买粽子，当时有一家是现做现卖。对于这家菜摊的老板娘，我早已听闻。她这种现做现卖的方式已持续了几年，在我们这一带很受欢迎，来排队买的人络绎不绝。当然，我也排队买了几个，起初以为味道一般，但在我剥开粽叶吃时，发现味道很不错，不油腻，味道正，香气扑鼻。

如今，每逢端午佳节，我都会吃粽子。虽然不是亲手做的，但江城武汉街巷的粽子，同样让我找回了浓浓的端午情；虽然只是一只小小的粽子，但它不仅承载着厚重的风俗，还承载着一份游子浓浓的乡愁。

千百年来，吃粽子的风俗在中国长盛不衰，并流传到了东南亚的一些国家。2009年9月，联合国教科文组织正式审议并批准中国的端午节列入《人类非物质文化遗产代表作名录》。端午节成了中国首个入选"世界非遗"的节日。

迎端午，一只粽子才是我们每个人记忆中最长情的味道……

44. 芝麻楼（绿）豆糕，齐（吃）了不长包

"芝麻楼（绿）豆糕，齐（吃）了不长包。"只要一提到这句民间谚语，我们就知道端午节快到了。因为端午节除了吃粽子，还要吃绿豆糕，这是武汉人的传统。这一天，除了武汉，南京和芜湖等地也必定会吃绿豆糕。

在北方的西安，人们在端午节这天也吃绿豆糕，但他们是与粽子一块吃，两者缺一不可，就算给亲朋好友赠送礼品，也是粽子和绿豆糕一起送，成双成对。最早的绿色印花纸包装的绿豆糕，是数代老武汉人的记忆。

旧食光 老情怀 正是江城遍地炊烟时

绿豆糕

据传，绿豆糕的来历可以追溯到东汉时期，自古以来就是中国平民用来解暑清毒的小食。它外表印有花纹，色泽鲜绿，吃起来甘甜软糯，营养丰富，是很受大众喜爱的休闲食品之一。

关于"芝麻楼（绿）豆糕，齐（吃）了不长包"，还有另一种说法。这里所说的"包"，主要是指痤疮，它是毛囊皮脂腺的一种慢性炎症。日常生活中，我们俗称为粉刺或青春痘等。中医认为，人会有这种慢性炎症，主要跟我们自身的肝气郁结、肾气亏虚、脾胃蕴热等有密切关系。芝麻绿豆糕恰好有助于消除适宜痤疮生长的内环境。

中医认为，芝麻性平、味甘，含有多种维生素、多种氨基酸及钙、磷、铁等微量元素，经常食用，具有滋养肝肾、养血润燥的作用。绿豆味甘、性寒，具有清热、解毒、消暑、止渴的作用。绿豆属于凉性食物，可有效起到清热利湿的作用，能有效清除脾胃之热，清除痤疮生长的内因。据明代李时珍在《本草纲目》中记载，绿豆"磨而为面，澄滤取粉，可以作饵顿糕……补益元气，和调五脏，安精神，行十二经脉，去浮风，润皮肤，宜常食之"。这也是我们常说"芝麻楼（绿）豆糕，齐（吃）了不长包"的原因。

小时候，我特别喜欢吃绿豆糕，特别是那种印花纸包装的绿豆糕，那是我们童年的记忆。在吃前，先打开印花纸，再手拿绿豆糕一小口一小口慢慢吃，生怕一口吃完了。绿豆糕，入口清香甜美，风味独特，是一种营养丰富的美食。

我还特别喜欢绿豆糕上的"福""禄""寿"字或寿桃、菊花等图样花纹的糕印。每次我打开印花纸后，都要欣赏半天，舍不得吃。那绿豆糕散发的一股股清香，很是沁人心脾。

我曾经认识一个邻居女孩，她的身世可以说很不幸，一出生就被父母遗弃在马路上。当时，旁边围满了人，都只是议论纷纷。那时，我才几岁，也在旁边围观，女孩身上爬满了蚂蚁。

有人回来告诉湾里的周奶奶，说有一个女婴被遗弃在马路上，没有人愿意领养，问周奶奶要不要领回来养。周奶奶当时"哦"了一声，就连忙放下手里的活儿过去看。她看到女婴身上的蚂蚁，很是心疼，边给女婴清理身上的蚂蚁，边骂道："这世上还有如此狠心的父母，这么乖巧的女娃也不要。"

原本没哭的女婴，在周奶奶抱起她的那一刻，就像遇到亲人一样，突然大声地哭了起来。周奶奶一边给女婴清理蚂蚁，一边哄着女婴，她的泪水不受控地流了下来……

就这样，我的邻居就多了一个身世凄怜的女孩。周奶奶对女孩非常疼爱，只是周奶奶家庭条件也不好。女孩一天天长大，变得很懂事，从来不找周奶奶要这要那的。

在一个端午节前夕，女孩到我家里玩，当时正好我在吃绿豆糕，就是那种印花纸包着的绿豆糕。我妈妈让我拿一块绿豆糕给她吃。我立马就从盒子里拿了一块递给了女孩。

当时，她不好意思接，有些胆怯。我就说，拿着吃，没关系。我妈妈在一旁连忙劝说，快拿着吃，没事的，在阿姨家里不怕。经过几番劝说，女孩才接了，慢慢打开吃了起来。

这件事本来慢慢淡忘了，没想到我上大学时，有一年端午节我意外收到了一盒绿豆糕。盒子里还放有一个字条，上面写着："阿伟，谢谢你当年给了我一块绿豆糕，那是我有生以来吃过的最好吃的零食，谢谢你。丽。"

看到这个字条，我感慨万千。我上高中后就没有跟她联系了。后来才知

121

道，周奶奶因病去世后，初中没有毕业的她只好早早外出打工。那时，她可能是带着伤痛离开这个地方的，后来就很少回来了。

今年的端午节前，我早早就去了超市，选些绿豆糕准备送亲人朋友，当然自己也想吃。一进去，看到琳琅满目的绿豆糕摆在了货架上。但是，我都不感兴趣，唯独对那几十年来一直不变包装、不变花纹、不变味道的绿豆糕感兴趣，它就是曹祥泰绿豆糕。

曹祥泰绿豆糕，不仅承载了我童年的记忆，也承载了一代老武汉人的记忆。

45. 秋风起，螃蟹肥，又到一年吃蟹时

金秋时节，又到蟹肥时。

蟹是我国诸多美食佳馔中的珍品。古往今来，大闸蟹都是人们的最爱之一，不少文人墨客谈蟹、品蟹、咏蟹、画蟹等，留下了许多宝贵的笔墨作品，也为人们平添了几分品蟹的韵味。

唐代诗仙李白可以说对蟹情有独钟，尤其喜欢谈蟹佐酒，他有咏蟹的诗句："蟹螯即金液，糟丘是蓬莱。且须饮美酒，乘月醉高台。"李白一副持螯举觞之态，迷离在蟹螯之中，享受着人间美食。

"唐宋八大家"之一的苏东坡则是热爱吃蟹的典型。他在《老饕赋》中写过几种最爱吃的美食："尝项上之一脔，嚼霜前之两螯。烂樱珠之煎蜜，滃杏酪之蒸羔。蛤半熟以含酒，蟹微生而带糟。盖聚物之夭美，以养吾之老饕。"其中，"霜前之两螯"指的是秋后螃蟹成熟时那两只蟹螯，"蟹微生而带糟"自然是指醉蟹。文中提到六道菜，两道都跟螃蟹有关。宋朝诗人徐似道曾发出"不到庐山辜负目，不食螃蟹辜负腹"之感叹。

在《红楼梦》第三十八回中有一首林黛玉咏蟹的诗："螯封嫩玉双双满，壳凸红脂块块香。多肉更怜卿八足，助情谁劝我千觞。"吃只螃蟹就能送下千觞酒，从中可以看出，林黛玉是会吃螃蟹的女人。

《晋书·毕卓传》更直接："右手持酒杯，左手持蟹螯，拍浮酒船中，便足了一生矣！"自古以来，蟹的魅力便可见一斑！

螃蟹

吃螃蟹的季节通常是在立秋之后，这时候的螃蟹最为肥美，最适合品尝。在民间流传有"九雌十雄"，意思是：九月要食雌蟹，十月要吃雄蟹。因为九月的雌蟹黄满肉厚，而十月雄蟹的蟹脐呈尖形，膏足肉坚。不管如何，这时候的螃蟹不仅肥厚鲜美，而且营养丰富。

据《本草纲目》记载：蟹肉味咸性寒。中医认为，蟹肉有清热、化瘀、滋阴之功，具有舒筋益气、理胃消食、通经络、散诸热、散瘀血之功效。一直以来，中医对蟹的药用价值的研究也有悠久的历史。据《随息居饮食谱》记载，蟹能够"补骨髓，利肢节，续绝伤，滋肝阴，充胃液，养筋活血"。

从小，我就与螃蟹有着不解之缘。

在上小学时，我最爱做的一件事，就是跟几个小伙伴一起捉螃蟹。一放学，我们就像兔子一样一路狂奔，跑到我们村湾附近的一个不大不小的港边。一到港边，就扔下书包，脱掉鞋子，挽起手脚衣裤就下水。

下水捉螃蟹是有技巧的，我们首先要判断石头下面是否有螃蟹的踪迹。一旦确认了螃蟹的存在，我们就会轻轻走过去，轻轻搬起石头。当看到石头下确实有螃蟹时，我们就会看准时机把它捉住。其实，第一次跟伙伴一起捉螃蟹时我还是很怕的，特别是对螃蟹扬起的两个"钳子"很恐惧。我们都

第五章 ◆ 节令美食：四海归，江北江南水拍天

是找准时机，慢慢去按住螃蟹的后壳，让它不能动弹，然后再趁机把它捉起来。

那时候的我们，特别喜欢捉螃蟹，但对吃螃蟹还没什么概念。这么多年过去了，一看到餐桌上的蟹就会想到自己的童年生活。虽然小时候一直跟螃蟹打交道，但对吃螃蟹是一窍不通。

有一次在吃午餐时，我们单位食堂的宋师傅把蒸好的大螃蟹送了一个给我。当时，我一看到螃蟹就愣住了，感觉好尴尬。我不好意思地说："宋师傅，这螃蟹怎么吃啊？"

"呵呵，我看你愣了半天，还以为你有心事呢，原来是不会吃螃蟹。"宋师傅大笑道。然后，他就慢慢跟我讲解，哪些能吃哪些不能吃。听宋师傅讲完，我才恍然大悟。于是，我就慢慢开始品尝起螃蟹来。

我先扯断几个蟹脚吃了起来，不吃不知道，一尝吓一跳，蟹肉真是太鲜美了，口感特别鲜嫩。随后，我用力掰开了蟹壳，眼前的蟹黄色泽金黄，鲜艳诱人。蟹黄不仅美味，而且含有丰富的蛋白质、磷脂和其他营养物质，营养价值非常丰富。

我吃了一口蟹黄，色香味俱全，真是太好吃了。这让我想到，清代戏曲家、美食家李渔喜食蒸蟹，直言："蟹之鲜而肥，甘而腻，白似玉而黄似金，已造色香味三者至极，更无一物可以上之。"

我一个同事曾经说他一餐吃了八只大蟹。当时我觉得不可思议，现在想想也正常。吃过一次后，我就对蟹的美味念念不忘，像是上瘾一般，年年蟹上市时都会争先吃上几次。

"秋风起，蟹脚痒，菊花开，闻蟹来。"一提到蟹，我就会垂涎三尺。一年一度的吃蟹季节马上来临，这是我们一些吃货最期待的时候。我们现代人对美味的追求，不输古代人！大闸蟹的美味，早已超越了时空的古今距离！

46. 中秋节，汪玉霞的饼子——劫数（绝酥）

中秋佳节，我们有吃月饼的习俗，这个风俗历经上千年，长盛不衰。据传，中秋节吃月饼的习俗起源于唐朝，最初在宫廷内流行。到了北宋时期，这一习俗逐渐从宫廷流传到了民间。到明朝时，已发展到了中秋节时全民共同吃月饼，然后这习俗一直流传至今。

有一个传说，讲述了月饼名称的由来。据说，早期的月饼叫作胡饼，杨贵妃中秋节吃胡饼时，看到空中圆圆的月亮，就突然冒出"月饼"两个字。然后，胡饼就改名叫月饼了，一直沿用至今。

据成书于明代的《酌中志》记载："八月，宫中赏秋海棠、玉簪花。自初一日起，即有卖月饼者……至十五日，家家供月饼瓜果……如有剩月饼，仍整收于干燥风凉之处，至岁暮合家分用之，曰'团圆饼'也。"由此可以看出，在元明两代，中秋节吃月饼的风俗日盛。而且，月饼是圆形，象征着团圆和睦。

古时的中秋节是一个非常隆重的节日，一家人会坐在院内边吃月饼边赏月。如果是友人聚在一起，还会吟诗作对，好不快哉。特别是宋代大文豪苏东坡一阕脍炙人口的词中的句子——"但愿人长久，千里共婵娟"，将中秋节这天对远方亲人朋友的思念之情以及美好祝愿表达得淋漓尽致。

记得小时候，我蛮期盼过中秋节，不仅可以赏月，还有可口的月饼吃，而且还能打着灯笼与伙伴们四处玩。如今，中秋节的月饼种类越来越多，但有一种月饼，它承载了一代老武汉人的记忆，那就是——汪玉霞的饼子。

在武汉，说起汪玉霞的饼子，那是无人不知无人不晓。在老一代武汉人中，流传着这样一句歇后语：汪玉霞的饼子——劫数（绝酥）。其中，"绝酥"指的是碱酥饼、酥京果、酥糖三大招牌。

"汪玉霞"这家百年老店创建于乾隆四年（1739年），由安徽休宁县远赴汉口做茶叶生意的汪士良和妾室蔡玉霞竖起的"汪玉霞"招牌，从营业至今已有二百八十多年历史。这两百多年来，老武汉人早已熟悉了汪玉霞饼子的味道。

曾经有一件事令汪玉霞店的员工津津乐道了好长时间。在2016年年底，汪玉霞店在吉庆民俗街开了一家新店，在开业当天，一位九十岁的老爹爹闻讯拄着拐杖过来，排了两个小时的队，就为了吃到汪玉霞的饼子。

当时，汪玉霞的店员心疼老爹爹年纪大，想免费送他品尝，但被老爹爹婉拒了。他说，为了小时候那口记忆，一切都值得。汪玉霞的饼子之所以受到一代代武汉人的认可与喜爱，是因为汪玉霞的饼子皮薄馅多，香气扑鼻，食之清脆爽口。

我第一次吃汪玉霞的饼子，是亲戚过节时送过来的。第一次吃就给我留下了很深的印象：外皮甜蜜酥软，内馅咸甜可口，没有油腻感，吃了一口，还想接着吃。月饼都吃完后，我还是很馋，就拿着积攒的零花钱去买。

当我走到汪玉霞店铺时，映入眼帘的是古朴典雅的外观，烫金的招牌别具一格，店内扑鼻的香味直击人心。里面选购的食客很多，因为店里除了饼子，还有很多其他食品。汪玉霞的饼子都是用秤直接称的，我选了好几个，随后拿去过秤。

汪玉霞月饼

那次，手里拿着几个香味阵阵飘散的月饼，心里乐开了花。那一个个勾人食欲的月饼，咸甜适中。我拿起一个，猛吃了两口，囫囵吞枣般就将整个月饼解决掉了。当时只顾着满足口腹之欲，全然忘了要细细品尝。第二个月饼也是如此，狼吞虎咽地就吃完了。直到吃最后一个，我才不舍得一口气吃完，而是一口只吃一点点，细细品味着那香甜酥软的味道。那滋味真是太好了，恨不得天天拿月饼当饭吃。

"遥望明月共此时，欢度佳节同相知。"一年一度的中秋佳节，不论是在古代，还是现在，都是百姓心中一个特别隆重的节日。我们知道，在古时候，由于交通和通信的不便，人们常常会在中秋之夜望月思乡，思念远方的亲人和朋友。如今，我们除了吃月饼，还可以直接回家与亲人团聚。

在今年中秋佳节之际，邻居的一位婆婆到了超市后，就只买汪玉霞月饼，为的就是一品儿时的味道。我也特意去汪玉霞店里买了好几份月饼，送给亲戚、朋友品尝。

汪玉霞曾经历过停产再开业的风雨历程。这样的经历造就了一批老武汉人对汪玉霞饼子的独特情感，他们成为汪玉霞饼子的忠实追随者。两百多年来，汪玉霞初心不改，坚持老字号传统，不变的正宗味道在一代代传承，让更多的人爱上了老味道。

47. 重阳节菊花酒，惹人醉

"独在异乡为异客，每逢佳节倍思亲。遥知兄弟登高处，遍插茱萸少一人。"唐代诗人王维的一首千古绝唱，把我们带到了民俗活动丰富的重阳节氛围里。

重阳节，为农历九月初九，在古代是一个特别隆重的节日。古代的人们在这一天不仅会登高望远，还会佩戴茱萸以辟邪求吉；这一天，人们还会吃重阳糕，更会大口饮用以菊花为原料酿制的重阳酒。

重阳节这天，正值这一年中的金秋时节，也是菊花盛开的时候。在古代，人们在这一天必会饮用菊花酒。他们视菊花酒为祛灾祈福的"吉祥酒"和能强身健体的"长寿酒"。因此，菊花酒还被誉为"不老秘方"。

据《本草纲目》记载："九月九日白菊花二斤，茯苓一斤，并捣罗为末。每服二钱，温酒调下，日三服。"在《渊鉴类函》中也记述了一种"不老方"："太清诸草木方曰：九月九日，采菊花，与茯苓、松脂，久服之，令人不老。"

其实，饮菊花酒与节气养生保健有关。从中草药的药理来说，菊花味苦性平，归肺、肝经。在日常生活中，我们也知道，菊花具有疏散风热、清肝明目、通利血脉的作用。

关于重阳节饮菊花酒的来历，相传起源于晋朝诗人陶渊明。陶渊明不仅好酒，而且以爱菊出名，有诗云"往燕无遗影，来雁有余声。酒能祛百虑，菊解制颓龄"，称赞菊花酒有祛病延年作用。一些旧时文人士大夫，追求与陶渊明相近的生活情趣，纷纷效之，才有了重阳饮菊花酒之俗。

中国酒文化博大精深，源远流长。一杯菊花酒，所处的年代不同，其酿制的方法也不尽相同。如，晋代是"采菊花茎叶，杂秫米酿酒，至次年九月始熟，用之"；而明代则是"甘菊花煎汁，同曲、米酿酒，或加地黄、当归、枸杞诸药亦佳"；到了清代，就是采用白酒浸泡药材等方法来酿制。

我上中学时，有一位老师特别爱喝酒，可以说是餐桌上无酒不欢，但他有一点做得非常好，每餐只喝二两，不多喝也不少喝。他喝得最多的酒就是菊花酒。他曾说过，他们那里什么都缺，但唯独不缺菊花酒。

每年金秋时节，有的花草开始凋零，却正是菊花盛开之时。唐代诗人白居易曾写过一首诗："黍香酒初熟，菊暖花未开。闲听竹枝曲，浅酌茱萸杯。"在古时，人们重阳节喝得最多的就是菊花酒。

有一年，我们那位老师突发疾病住进了医院。当时，我们班上选了几个代表去医院看望他，其中就有我。我还记得很清楚，几个同学之间在送老师的礼品上发生了争议，一直商议不下来。

于是，我就提议送老师菊花酒和水果，最后获得一致同意。当我们把礼品送到老师跟前时，老师一眼望见熟悉的菊花酒，眼眶湿润，深情地说了一句："还是我的学生最懂我。"

菊花酒

也许，在我们酸甜苦辣咸的生活中，除了亲人、朋友，酒也是我们生活中的伴侣。在我们处于人生中最重要的场合时，酒来见证你的成长。人们常说，一醉解千愁。但往往是，人醉了，愁还在那里……

后来，在我们临近毕业时，老师给我们留下了一句意味深长的话。他说："同学们，若以后你们事业有成时，还记得我熊老师的话，给我一口菊花酒喝就行。"

这一句话，我至今还记得。如今，虽然我很努力，但依然感到不够好，没有做到事业有成。有几位事业有成的同学，回去都会给熊老师捎带两瓶菊花酒，但我只是默默地祝福老师，从没给他捎带过菊花酒。

一晃很多年过去了，很多过往成了一种回忆……

今年重阳节时，我特意在武汉买了两瓶菊花酒，一瓶是给老父亲的，一瓶是给老师的。我专门委托一位同学给带了回去。

一杯酒，一岁阳，人生易老天难老。每个人生活的不易，身体的疲惫，卸不下的压力，一肚子的苦衷，全都融在了一杯酒里。在重阳节里，有着亲人、朋友的陪伴，有着菊花酒的醇香，就算多饮几杯又如何？如果醉，就让我们醉在重阳的深秋里……

48. 涮一口羊肉，暖一个冬

涮羊肉，又称"羊肉火锅"，据说是在元代开始推广的，兴盛于清代，已有悠久的历史。羊肉火锅具有御寒滋补的功效，尤其在冬天受到许多人喜爱。

冬至开始，天气就会进入寒冷时期。如果你怕冷，最好炖上一锅羊肉，食后可以周身暖和。因为羊肉性大热，可补肾壮阳、养肝明目、补血温经。食羊肉火锅，可以驱除冬天的严寒，增添生活的热情。

据传，当年元世祖忽必烈统帅大军南下远征，经过多次战斗，士兵们早已人困马乏，饥肠辘辘。于是，忽必烈就吩咐部下杀羊烧火犒劳将士。正当伙夫宰羊割肉时，敌军突然逼近来犯。但饥饿难耐的忽必烈一心想吃到羊肉，他一边下令部队出战，一边大步向灶房走去，并大喊："羊肉，羊肉！"

　　厨师一听忽必烈过来，心中一紧。厨师知道他性情暴躁，于是急中生智，他飞快地切了些薄肉，扔到了沸水里，待羊肉片颜色一变，就捞出盛到碗里，再撒些细盐、葱花和姜末，送给了忽必烈吃。

涮羊肉[1]

　　忽必烈抓起肉片就大口吃了起来，一连吃掉几碗，吃饱后掷碗于地，翻身上马，率军迎敌，最后破敌军阵营，生擒敌将。在率军凯旋后的庆功宴上，忽必烈突然想起了战前那碗羊肉片，就命厨师再做一些羊肉给将士们吃。因为时间充足，这回厨师精选了羊的大三叉和上脑嫩肉，切成均匀的薄片，然后配上麻酱、腐乳、辣椒、韭菜花等多种佐料，将士们食后赞不绝口，忽必烈更是喜笑颜开。

　　此时，厨师想到这碗有创意的菜肴还没有名字，就趁此机会上前请示道："此菜尚无名字，请元帅赐名。"忽必烈一边涮着羊肉片，一边大笑

---

[1] 图中为笔者亲制，非传统的涮羊肉。

道:"噢,我看就叫'涮羊肉'吧,众位将军以为如何?"

从此,涮羊肉正式成了宫廷佳肴。

在古代,平民是无法吃到涮羊肉的。据传,光绪年间,有一家羊肉馆的老掌柜买通了太监,从宫中偷出了涮羊肉的佐料配方,这才使得这道美食传至民间,为普通百姓所享用。

随着时代的发展,涮羊肉的佐料配方一直在不断改进,如今它已经成了人们餐桌上备受喜爱的美食之一,并形成了独特的风味。据民国时期的《旧都百话》记载:羊肉锅子,为岁寒时最普通之美味,须于羊肉馆食之。此等吃法,乃北方游牧遗风加以研究进化,而成为特别风味。

北宋大文学家、美食家苏东坡曾有"秦烹惟羊羹,陇馔有熊腊"的赞美诗句。可见,涮羊肉这道美食,从古至今一直长盛不衰。

一到冬天,没有什么比羊肉火锅更惬意、更温暖的美食了。我特别喜欢吃羊肉火锅,每每在家时,就要求妈妈做羊肉火锅吃。对中国家庭来讲,再不会烹饪的母亲,对做火锅还是懂得的。

有一天,我去菜市场买来了羊肉、红萝卜、豆腐、金针菇、蘑菇、青菜、土豆等。妈妈看我提回这么多菜,就知道我想吃羊肉火锅了,所以她也没问,就直接拿进厨房做了起来。

首先,妈妈将羊肉切成非常薄的薄片,并准备好其他配菜。接着,她将所有的食材都清洗干净。然后,在火锅里放入清水并烧沸,加入专门的调料。这些调料中包含了辛、辣、卤、糟、鲜等多种成分,共同构成了独特的香味。

在吃的时候,吃什么就放什么,切记一点,不要把全部的羊肉片都放入锅中去煮。如果全部倒入了,就成了水煮羊肉汤了,而不是涮羊肉了。妈妈将一切工作准备好后,我就开始涮羊肉了。当我夹起一片羊肉片时,热腾腾的香气扑鼻而来,羊肉味美,有嚼劲,鲜嫩可口,非常好吃。

"人参补气,羊肉补形。"这是元代医家曾说过的话。正因为羊肉营养丰富,中国人将其视为最佳补品。

参加工作后,单位食堂里也经常做羊肉火锅,因厨师是湖南的,所以他做的羊肉火锅可不是一般的辣。看到红通通的汤汁,让人很有食欲,虽然我们被辣得面红耳赤，但很舒心，很爽口。只是单位规定中午吃饭不许饮酒，否则，我们来个两斤烈酒，醉倒在美食里又何妨。

每年冬天，只要你走在武汉的街巷上，随处都有涮羊肉的小店。当你哪天坐在小店内，一边听着刺骨的寒风，一边涮着热气腾腾的羊肉片时，你就会发现，涮一口羊肉，可以让你暖一个冬天。

涮羊肉，一直以来是我的最爱。作为吃货，每年的这个时候，我们是不会错过涮羊肉的，不会错过冬天里的一杯烈酒的。让我们一直沉醉在美食不断的冬季里……

49. 武汉人的冬天，总少不了腊肉的身影

"孤舟四邻断，余食数升糗。寒齑仅盈盘，腊肉不满豆……"这是苏辙《除夜泊彭蠡湖遇大风雪》中的诗句。从诗句中我们可以看出，自古以来，我国就有加工制作腊肉的传统习俗。

腊肉

腌制猪肉主要流行于南方，如湖南、湖北、四川和广东一带，而北方一带则是流行腌制牛肉。在中国民间，素有"冬腊风腌，蓄以御冬"的习俗。通常百姓在农历的腊月进行腌制，所以称作"腊肉"。

据记载，一千多年前，张鲁兵败南下，途经汉中红庙塘时，百姓用上等腊肉招待他。清光绪二十六年（1900年），慈禧太后为避八国联军携光绪皇帝避难西安时，当地的地方官吏曾进贡腊肉御用，慈禧太后食用后，赞不绝口。

每逢冬腊月，家家户户都会杀猪宰羊，为过春节准备年货，腌制腊肉就

是其一。其实，在腊月，气温低，天气干燥，正是加工腊肉的好时间。武汉人都会自制香肠、腊肉，等到春节时招待客人。

每年的冬至过后，我家里也会腌制一些腊肉、腊鱼、腊肠等。我最喜欢吃腊肉了，每次都会提醒妈妈多腌制一些。最夸张的是，有一年腌制的腊肉吃到来年的八月份还没有吃完。

我记得我小时候特别喜欢吃腊肉，一看到色泽鲜艳、黄里透红的腊肉就有很想吃的欲望。特别是腊肉散发着醇香的味道，肥而不腻、瘦而不柴，独特的口感让人食后回味无穷。我记得曾经问过妈妈：腊肉是怎么腌制的？

妈妈说："腊肉腌制很简单，就是把新鲜的猪肉用食盐全部涂擦一遍，再配以一定比例的花椒、八角、桂皮、丁香等香料腌入缸中。一周后再用绳索串挂起来，放在阴凉地方。待肉中的水分沥干，再挂起来用烟火慢慢熏干。"腌制好的腊肉易于保存，有久放不坏的特点。江城武汉腌制的腊肉，保持了色、香、味、形俱佳的特点，素有"一家煮肉百家香"的赞语。

有一年春节期间，我们一家人吃饭时，妈妈把一盘新鲜炒好的腊肉端了上来。菜还没放好，我就急切地夹起一块吃了起来。妈妈斜了一眼，说："没礼貌。"我一笑置之，心想，在家里哪有那么多规矩。那通红的肉，咀嚼起来很有韧性，不油腻，非常爽口。我一块接着一块吃得特别香。但此时，我发现爸爸一筷也没动。

"你吃啊。"我提醒爸爸。爸爸这才夹起了一块放进嘴里，并叹了一口气，说："你知道不，我小时候吃上一块肉有多难，更别提腊肉了。"

"有多难？"我停下问道。

"我小时候，家里特别穷，是湾里最穷的一户。当时，你爷爷特别老实，每年守着那一亩三分地，遇灾荒年份时，连吃饭都成问题。常年缺吃的，造成营养不良，你爷爷身体垮了，去世得很早。我上高中时，每天上山砍柴，然后背到十多里外的镇上去卖，卖几个零钱，交学费。放学后，就再上山砍柴拿去卖，赚点生活费。"爸爸慢慢说到这里，哽咽了一下，然后继续说，"那时候，我十多岁，不仅要自己赚学费，还要养家。在有一年快过年的时候，家里什么吃的也没有，更别提准备年货了。那一天下大雪，我就冒着大雪上山砍柴，然后在大雪中背十多里路去卖。当时，一个老板娘买了我的柴，给了我钱。我正准备走时，她喊住了我，叫我进屋吃点饭再走。可能她当时觉得我有点可怜，就同情我，叫我进屋去吃一点。我肚子饿，也没客气就进屋了。老板娘从厨房里拿出了一块腊肉，然后切成了小块，和着面条煮了给我吃。"

"哦，那老板娘还是蛮好的啊。"我接话说。

"嗯，是的。"我爸爸点了点头，又说，"我当时吃了两大碗。可能是长期没有吃油的原因，那次吃了老板娘的一块腊肉后，回家就拉肚子，肠胃受不了。"

"哦，那也是没办法，你那年代，全国都没有吃的。"虽然知道爸爸是从苦时代走过来的，但也只能这样安慰。

"当时，我吃完老板娘的腊肉面条后，就拿卖柴的钱去买了两斤肉提回家。你奶奶见我带肉回来了，特别高兴。因为家里什么吃的也没有。那时还有你姑姑，她很小，什么也不知道。"爸爸一脸认真地说。

我点了点头，很理解爸爸那时候的困境。如果放到现在，我们很可能都无法面对。一想到是过年，要喜庆一点，我就提醒爸爸多吃一点，并说道："时代向前发展，科技也在进步，以后肯定是一年比一年好。目前，我们能做的就是珍惜现在来之不易的生活。"

"嗯，是的。"爸爸边吃边应道，"你们要知道，再大的困难，没有过不去的坎，只要肯吃苦努力就行。"我再次点了点头，在我的内心，还是蛮钦佩爸爸的。

一块腊肉，一个时代。爸爸的时代已成过去，如今的生活里，逢冬腊月，我们随处可见腊肉的身影。因为一见到腊肉，我们就会知道，年味离我们越来越近了……

50. 喝了腊八粥，就把"年"来办

"小孩小孩你别馋，过了腊八就是年。腊八粥，喝几天，哩哩啦啦二十三……"这是在民间流传的一首歌谣。一提起腊八，我们谁都不会陌生，但关于腊八的由来，可能很多人就不太清楚了。

腊八的由来，传说与佛祖有关。佛教创始人释迦牟尼因痛感生老病死之苦，舍弃王族生活，出家修行。经过几年苦修，佛祖身形消瘦，疲惫不堪。在腊八这一天，一个牧女经过，看见地上冒出千叶莲花，还渗出乳粥，便将乳粥奉献给释迦牟尼。释迦牟尼喝粥后，如受甘霖，气力充足。因此，这一天成为佛教徒的节日，又称"佛成道节"。

在古代，天子在每年的腊月都会用干物进行腊祭，敬献神灵。腊祭分为祭祀和祷祝。祭祀是祀八谷星神，用干物敬献。而干物称"腊"，"八"是八谷星神，故称"腊八"。在腊八节，民间有喝腊八粥的习俗。

腊八粥

中国喝腊八粥的历史，已有一千多年了。早在宋代，百姓喝腊八粥的风俗就十分风行。每年腊月初八，东京（今开封）各大寺院都要送七宝五味粥，即腊八粥。据宋代孟元老《东京梦华录》记载："诸大寺作浴佛会，并送七宝五味粥与门徒，谓之腊八粥。"

宋代诗人陆游在诗中亦写道："今朝佛粥更相馈，更觉江村节物新。"从诗句中，我们可以看出，腊八粥不仅在佛寺中为僧侣享用，民间更是盛行。这个习俗，沿袭至今依然长盛不衰。曾有诗句云："家家腊八煮双弓，榛子桃仁染色红。我喜娇儿逢览撵,长叨佛佑荫无穷。"

武汉人喝的是粥,流淌的却是传统。

每逢腊八前夕,武汉人都会提前准备好做腊八粥的食材。因食材种类较多,有的须提前一晚泡水,有的须先煮熟,有的须先炸一下,等等。如果想做好一碗腊八粥,前期准备工作要做仔细。

腊八粥的做法有很多。在清人富察敦崇的《燕京岁时记·腊八粥》中有相关记载:"腊八粥者,用黄米、白米、江米、小米、菱角米、栗子、红豇豆、去皮枣泥等,合水煮熟,外用染红桃仁、杏仁、瓜子、花生、榛穰、松子,及白糖、红糖、琐琐葡萄,以作点染。"如今,可依据个人的口味而定,搭配各种食材。

我从小喜欢吃腊八粥也是源于一次偶然。

在儿时的记忆里,腊月里寒风刺骨,屋前屋后都会挂着晶莹透亮的冰柱,浑然天成。有一天早上,妈妈喊我去吃腊八粥,我一听是粥就不想吃。妈妈看我懒洋洋的神情,就说:"喝了腊八粥,就会一个冬天不冻手脚。"

当时,妈妈只做了腊八粥,不吃就没得吃,我这才不情愿地端起一碗。腊八粥不稀不稠,色泽鲜艳,各种豆、米若隐若现。我凑近准备吃一口时,阵阵的清香飘散了过来。我吃第一口时就立马瞪大了眼睛,被腊八粥甘甜的美味吸引住了。我又接着吃第二口,清甜爽口,真是太好吃了。我边吃边说:"妈妈,腊八粥太好吃了,我还要吃。"妈妈看了我一眼,笑了一下。

从那次之后,我就喜爱上了吃腊八粥;也是从那时起,我就对有关腊八粥的典故非常感兴趣。其中一个传说让我印象深刻。据传,一碗腊八粥曾救了朱元璋的命。当年,朱元璋落难在监牢里受苦时,正值天寒地冻,又冷又饿的朱元璋竟然从监牢的老鼠洞中刨出了一些大米、红豆、红枣等五谷杂粮。朱元璋便把这些东西全部放在一起熬成了粥,美美地享用了一顿。朱元璋吃粥的那天,正是腊月初八。做了皇帝的朱元璋为了纪念在监牢中那个特殊的日子,就把这一天定为腊八节,他那天吃的粥就正式命名为腊八粥。

后来,每逢妈妈做腊八粥时,我就要求妈妈在腊八粥中放入大米、花生、绿豆、红豆、莲子等,还要加入冰糖。这样吃起来不仅甜香爽口,而且营养很全面。怀着对一种食物的眷念,我们在不经意间,吃着吃着就长大了……

　　长大后，参加了工作，就很少吃腊八粥了。但我发现，在武汉的一些街道上，都有卖腊八粥的。吃腊八粥作为习俗流传了下来，如今不仅只在腊八时吃，一年四季皆可食用，老弱妇孺皆宜。

　　在去年的腊八前夕，一股浓浓的乡愁涌上了心头。以前每逢这个时候，就会有一碗热气腾腾、香气缭绕的腊八粥浮现在眼前。为了一品童年的味道，我坐了十几里路的车，在一条街巷上买到了一碗腊八粥。当这碗水米融合、柔腻如一的腊八粥放在眼前时，泪水模糊了我的双眼……

　　也许，在冷得透心彻骨的腊月里，一碗浓情暖暖的腊八粥，足以温暖你整个冬天！

第五章 ◆ 节令美食：四海归，江北江南水拍天